原創故事 余兒

文 陳四月

圖 K.Chung

Meow Daddy

K.Chung

Meow Daddy

STARTERS

MAINS

MENU

OPEN HOUR 3PM - 11PM

DESSERTS

Meow 01

極道猛虎

深夜，油麻地依然燈火通明。

香港是不夜城，油尖旺區更是霓虹交匯的日不落之地，年中無休。

這裡聲色犬馬，龍蛇混雜，各路黑道幫派均搶佔席位，是兵家必爭之地。

大龍鳳海鮮酒家外停泊著多輛七人車，凶神惡煞的黑幫人馬正在對峙，劍拔弩張似是隨時爆發衝突。近百人聚集於此，只因他們的話事人正在酒家內進行一場閉門會議。

酒家內，三大當家圍坐火鍋桌前，他們身後都站著幫會內數一數二的打手。

「洪爺年事已高，就算今次大步攬過，恐怕也活不了多久。」肥翁夾著火鍋內的肥肉，大口呷著啤酒，顯然幫會龍頭生命危殆，並未有影響他的食慾。

「時代不同了，洪爺的一套已不合時宜了，早點退隱休息對大家來說也未嘗不是件好事呀。」臉上長有大量雀斑的豹面，對幫會龍頭之位一直虎視眈眈，現在的形勢他期待已久。

洪爺創立的「信義社」是掌管九龍西一帶的最大幫派，酒吧、竹館、波樓、車房、果欄……業務範圍龐大，養育著數千人的生計。

「替洪爺選定合適的繼任人，為他老人家分憂，是我們該做的事，對吧？」光頭拋磚引玉，他深知肥翁和豹面和他一樣，對龍頭之位志在必得。

「但寧少呢？洪爺栽培他多年，顯然有意傳位給他。」肥翁對寧少有所忌諱。

洪爺膝下無兒，但收養寧少以來一直把他視如己出，二十五歲的寧少自小接觸幫會業務，屢建奇功。

「寧少這頭小老虎辦事能力是挺高，但論資排輩……龍頭這位置不是小孩子能擔當的。」豹面不甘心讓快到口的肥肉漏入別人口中，更莫說對方只是二十出頭的後輩。

「信義社」核下的每一個市區、每一條街道，都是靠拳頭打拼回來的，三位當家雖然年過半百，但身為開國功臣，他們也曾為幫會拋頭顱、灑熱血，所以他們對寧少的繼任強烈反對。

「寧少不會坐以待斃的。」肥翁皺起眉頭說。

「集合我們三路人馬，那頭囂張的小老虎能奈何得了我們嗎？我們今晚便去拔掉他的老虎牙！」豹面猛力拍打枱面，他不能容忍寧少這顆絆腳石。

「小老虎是指我嗎？在說我壞話是吧？」男人洪亮的聲音嚇得三人如同驚弓之鳥。

「在樓下也能聽到你們大吵大鬧，這麼激動小心心臟病發呀！」身穿黑西裝和鮮紅襯衫的男人昂首闊步，目光如炬的他散發震懾人心的氣息，寧少帶著他的得力助手突然來到，殺三人措手不及。

「寧……寧少！」肥翁慌張得被肥肉噎住。

「下面的人怎辦事的？說好了大人們在商討要事，閒雜人等不得內進。」豹面不滿的說。

酒家外沒有人夠膽阻寧少的去路，因為他還滴著鮮血的雙手太嚇人，寧少這雙布滿傷疤的手，在幫會流傳著多個傳說。

「是在商討要事還是在謀反呀？」單人匹馬手撕五十大漢的男人、一夜之間從九龍西打至九龍東的猛虎，寧少幫助洪爺鞏固了九龍西的勢力，和號令九龍東的幫會「福字頭」半分九龍區。

但是「信義社」和「福字頭」理念和行事作風大為不同，兩大幫會為免繼續損兵折將才暫時停戰，九龍東西從此互不干涉。

「寧少，我們好歹是你的長輩，你說話最好客氣一點。」光頭怒瞪著寧少。

「客氣？老頭子還未歸西，你們已在打龍頭之位的主意，你們真夠不客氣！」在寧少的眼中，輩分不過是為上者欺壓低層的藉口。

「沒有真憑實據，你別含血噴人。」肥翁深信謀犯一事無法追究。

「崔宇！」寧少雖然外表粗獷，但心思比三人想的更細密。

「證據當然有，而且所有信義社的成員都會收到。」穿著白襯衫和西裝背心的崔宇外表斯文。

戴著眼鏡秀氣高挑的崔宇，走到桌子後的金雕龍鳳處，把龍口咬著的手機拿下，他早已知道三位當家約定了在這酒家密謀作反，所以安置手機在此錄影。

「這麼大部手機對著你們，你們不察覺？是老眼昏花了嗎？」寧少高聲質問，想要樓下的全部人知道他們追隨著的人有多麼無能。

崔宇是寧少最信賴的副手，寧少在外以雙手打拼天下的時候，崔宇就在他的身後打點一切，和寧少同齡的他已考獲會計師和律師等多項專業資格。

「別鬼話連篇了，我們三個也不接受你做這坐館！今天我便代替洪爺，好好教育你這目無尊長的臭小子！一起上！」既然東窗事發，豹面亦無意裝傻扮懵。

三大當家都帶上旗下的打手到場。他們一擁而上，三個均是幫會中最勇武善戰的。

「果然……你們還是挨一頓揍吧。」但寧少反而自信地笑著。

「要幫手嗎？」崔宇象徵式的問。

「不用了，替他們叫好救護車吧。」寧少喜歡單打獨鬥，這樣他便不用手下留情。

寧少是一名孤兒，也是一頭不被馴服的猛虎，加入幫會只為報答養父的養育之恩，但他沒有忘記自己的夢想、自己的目標。

寧少重拳擊碎了一個打手的下巴，另一個打手已敲碎酒樽，企圖以鋒利的碎片從後突襲。

「沒種的卑鄙小人！」寧少一手揪起火鍋，把滾燙的湯料撥灑到打手身上。

「我宰了你！」豹面拔出藏在桌下的牛肉刀，發狂亂舞。

寧少急忙退後，西裝被劃破，前臂上也多了一道長長的傷痕。

「這裡是大龍鳳海鮮酒家，有人在打架，麻煩派三輛……」崔宇撥通電話並點起香煙。

「對著自己人也能揮刀狠下殺手……」若非寧少身手敏捷，這條前臂已和肉體分離。

「你只不過是洪爺拾回來的，我們沒把你當過自己人。」光頭一席話令寧少想起一個事實。

「不，請派六輛救護車來吧，傷者……多處骨折，但沒有生命危險，不急的，可以慢慢來。」崔宇知道這是不能對寧少說的禁語。

「你們說得對，我又怎會是你們的自己人……」寧少從沒有真真正正被幫會成員接納，他只是從天而降的黃馬褂。

寧少是被親生父母拋棄的孤兒，就算被洪爺收養多年，就算在幫會建功立業，他也沒能找到歸宿。

「你們這種禽獸不如的人渣！」寧少怒髮衝冠，抬起掛在牆上的金龍大雕刻擲向光頭。

最終謀反的三位當家和他們的金牌打手都被揍得面容扭曲。

「你來善後吧。」寧少接過崔宇的手帕，抹去手上的血漬。

「洪爺已經恢復意識，你不去看看他老人家嗎？」崔宇細心而且辦事有條不紊。

「明天吧，我今晚還要和那群壞傢伙做個了斷。」

寧少沒有在人和人之間找到的歸宿，卻在另一種生物身上找到。

Meow 02

極度貓奴

凌晨時分的深水埗通州街公園，寧少鬼鬼祟祟的東張西望，確保四野無人後便蹲在草叢邊。

「今早的帳我就大人有大量，不跟你們算了，但你們得好好吃掉這頓飯，不然誰也休想有命離開這公園。」寧少嚴肅的對著一眾流浪貓說。

在處理幫會內亂前，寧少一直在這公園裡，他雙手嚇人的新傷，原來是從這裡得來的。

「對不起、對不起啦，我不是在發惡，看著你們這些可愛的小乖乖，誰又忍心發惡呢？」眨眼之間，寧少態度一百八十度轉變，露出令人覺得有點可怕的笑容，更不忙拿出手機連環快拍。

正確來說，寧少雙手的傷痕超過九成也是由流浪貓所傷，駭人聽聞的傷疤鬼拳，其實是浪浪們的沙包。

「好吃吧？當然好吃嘛，這些都是皇冠牌罐罐，是罐罐中的極品啊！」寧少是一名重症貓奴。

手撕五十大漢的「極道猛虎」，事實上是一名坐擁五萬粉絲的「極度貓奴」，在instagram以「浪浪關注組」之名上載與流浪貓有關的資訊，粉絲們更以「浪爸」稱呼這位善心人士，只不過粉絲們都不知道「浪爸」的真正身份。

「雖然混了驅蟲藥在入面味道可能會變得怪怪的，但為健康著想，你們一定要吃清光啊！」寧少想要伸手撫摸，但警覺性高的流浪貓總是張牙舞爪，還以顏色。

流浪貓們過慣顛沛流離的生活，不少同伴受過人類的驅趕或傷害，所以對人類總是保持距離，時刻戒備。

「放心吧，我很快便會兑現承諾，為你們置頭家……」就算被咬得皮開肉綻，寧少也不會畏縮閃避。

「是誰在那邊鬼鬼祟祟？」一把女性的聲音正在靠近。

「嘖，我先走了，你們要吃清光才好呀！」寧少估計對方是巡邏中的警察，為免不必要的麻煩，迅速繞路逃跑。

餵飼流浪貓狗不屬於違法行為，但寧少是黑幫中響噹噹的大人物，被警察發現便會惹禍上身。

ΦㅅΦ

九龍法國醫院病房內，寧少和崔宇來探望「信義社」的龍頭大哥——洪爺。

「阿寧啊……你是怕我大難不死，才把三個當家打至半死，確保在我康復前把我活生生激死的吧？」洪爺長嘆一口氣，生怕一時激動心臟病發。

「只不過是盲腸炎罷了，有必要這麼大驚小怪嗎？那三個老鬼還真以為你進了鬼門關，第一時間想坐上你的位置。」寧少自顧自的吃著蘋果。

「洪爺入院就醫一事，應該只有我和寧少知道才對，我會著手調查是從哪裡走漏風聲的。」崔宇則為洪爺貼心調整病床角度。

「不用調查了，是我刻意讓他們知道的，他們對龍頭之位虎視眈眈也不是第一天了。」洪爺頭痛著說。

「老頭子你是想引他們造反，然後一網打盡吧？那我豈不是做得很好嗎？」寧少嘻笑著問。

「我這樣做是想看看他們對你繼任的事會如何反應，也想看看你有沒有本事馴服三位開國功臣，他們畢竟是你的長輩呀……你這樣做，叫他們顏面何存？」洪爺指著手機播放的影片，昨晚在大龍鳳酒家發生的事已傳遍整個幫會。

「嘖，我從來沒有想過繼承幫會，那些倚老賣老的傢伙也不配做我長輩。」寧少和洪爺為了相同的話題，已爭吵過無數次。

「我老了，時代也變了……信義社上千兄弟需要像你們的新世代來帶領，幫會由你來繼承事在必行，你快去和三位當家斟茶認錯，不要讓事情繼續惡化。」洪爺和寧少互不相讓。

「信義社」是有原則的黑道，他們不偷不搶，隨時代變遷業務也趨向合法範疇，但如果「信義社」失去有凝聚力的首領，自然會四分五裂，幫會的成員為溫飽可能會變得無所不用其極。

「混帳老頭子，說好了擺平九龍東後我喜歡做什麼也可以，事成後你現在來反口？你不只無盲腸，還無口齒！」寧少氣得青筋暴現，把吃了一半的蘋果扔向養父。

「你又想提什麼貓 café 嗎？那種東西能賺多少錢？能養活幫會的兄弟嗎？你的數學還差過小學生，你懂生意怎做嗎？」老羞成怒的洪爺反問。

「有種和我賭一把嗎？我做得到的話你就不能再逼我做坐館！否則我把信義社的地盤全部變成貓 café！」經營屬於自己的貓 café，每日被貓咪包圍，是寧少夢寐以求的事。

「我就跟你賭一把！三個月內如果你能回本兼有盈利就當你贏，若你輸了的話，便得放棄這些不設實際的想法，好好接管信義社！」寧少的激將法成功了，漲紅了臉的洪爺決定給他一次機會。

以上就是事情始末，這是一個黑幫大哥經營貓 café 的求生故事，也是「極度貓奴」傳說的開始。

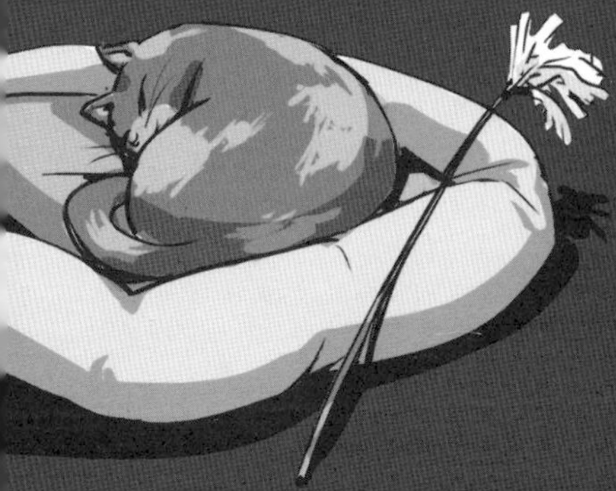

蘭

深水埗唐樓區的地鋪，寧少和洪爺立下賭局後便火速約地產經紀前來，他早已相中這個租盤，它的前身是餐廳，二千呎的建築面積有足夠空間給予貓咪活動，寧少酷愛面對大街全是落地玻璃的設計，能讓貓咪好好接觸陽光。

「經紀，便宜點！」寧少心意已決，要在這裡和養父一決勝負。

「寧少……已經很便宜了，深水埗一帶最高性價比的要數這租盤了。若非上手租客決定移民，也不會以這價格找人頂手。」經紀所言非虛，移民潮的影響，比社會大眾實際看到的更深遠。

「枱櫈水吧這些還可以保留，但要適合主子們生活還是得好好裝修一番……」開業成本愈高，寧少的勝算便愈低，能在三個月內回本的難度，比寧少想像的要高得多。

「寧少，為什麼你不選擇樓上鋪呢？大多數貓 café 也開設在工廈商廈內，租金比地鋪便宜一大截的。」經紀覺得寧少過分進取。

「因為我喜歡地鋪！貓咪這麼可愛當然要在地鋪讓多些行人看到，沒有人類能抵抗貓咪，貓咪即是正義！」寧少張開雙臂，狀甚興奮。

「原來如此……」經紀無意深究，只要寧少喜歡就好。

「已經決定了嗎？」崔宇接到寧少來電便火速前來。

「啊！這位是我的律師，租約準備好你就交給他吧。」寧少滿足的笑著，夢想終於快要實現了，他滿心期待。

有崔宇打點文書工作，寧少十分放心，他是寧少最信任的人，也是他僅有的兩名朋友之一。

「洪爺的出院手續辦好了，他吩咐我對外宣稱你不參與幫會事務的這三個月，是對你的懲戒，好讓那三個老頭有下台階。」崔宇不只深得寧少信任，也是深得洪爺器重的年輕人。

「隨他喜歡吧，只要贏下這場賭局，我就不用再理幫會的事。」回報養育之恩固然重要，但寧少更渴望自由自在。

「但真的好嗎？這樣會花光你所有積蓄吧？」崔宇翻找口袋中的香煙。

「金錢是不會使人快樂的，唯有把它變成你喜愛的形狀才能得到快樂；而且我的積蓄正是為實踐這夢想才儲的。」上期、按金、裝修、家具……寧少一下子要拿出近五十萬流動資金。

「你會和我共同進退的吧？」寧少搭著崔宇肩膀問。

「反正是用你的錢，我不介意陪你瘋癲一次。」崔宇拿出火機準備燃點香煙。

「戒煙吧，貓咪的嗅覺很敏感的。」寧少捻毀崔宇的香煙。

「你現在看見這裡有貓嗎？」崔宇問。

不只貓咪，要順利開業寧少還有很多東西要準備。

「很快便會有很多很多貓咪了！」寧少露出令人害怕的笑容說。

經營貓 café 最重要的除了貓咪外，員工同樣重要，二千呎的鋪位絕不是寧少和崔宇二人能管理好，但要聘請員工，自然又會增加營運成本。

'' ＞＜ ''

寧少夢想中的貓 café ，除了提供舒適的環境和極具治癒能力的貓咪外，還有一項重要元素是不可或缺的，那就是員工。

深水埗的街邊大排檔，寧少帶著崔宇前來，點好放滿一桌的小炒和啤酒，招待他幾經艱辛才邀約得到的理想員工。

「黑幫大佬學人開貓 café？是用來暗中販賣毒品的嗎？」留著一頭長長直髮的女生化著深邃的眼妝，紫黑的唇上穿掛著亮眼的唇環，給人強勢高傲、難以接近的感覺。

「蘭，我沒做大佬很久了，我現在是一名充滿愛心的正當商人。」寧少正經八百的說。

蘭和寧少，是從社交平台上認識的，他們都是愛貓之人，而且對流浪貓特別關注，得知「浪浪關注組」的群主是黑道中人時，蘭以為自己會被殺人滅口。

「那請問這位充滿愛心的正當商人約我前來又所謂何事呢？」蘭偷瞄了崔宇一眼，她雖然和寧少早已認識，但和崔宇素未謀面。

「我是來給予你回歸社會、為廣大主子效勞、鞠躬盡瘁、死而後已的機會。你是時候結束家裡蹲的生活了。」寧少視貓為比人類高等的物種。

「我可不是家裡蹲，我只是……不想工作罷了。」蘭尷尬的別過臉說。

「那你是不是每天窩在家中吸貓和看 BL 小說看到通宵達旦？」寧少問。

育有兩貓的蘭無法反駁，打從辭職之後，她這半年都是過著這樣的生活。

「蘭，不要浪費你辛苦得來的專業知識。」寧少說。

「專業知識？什麼知識？」崔宇的目光一直停留在蘭兩隻手臂上密密麻麻的紋身上。

「獸醫和寵物護理的執業資格，雖然蘭是個腐女兼家裡蹲，但身為人類她算是有點才能的。」寧少自從在網絡上認識到蘭後，便決定他的夢想咖啡廳中要包含寵物護理服務。

「實在看不出來呢。」崔宇還以為蘭的職業和紋身或造型設計有關，畢竟眼前的女生實在標新立異。

正因為蘭太忠於自我，在職場上常常碰壁，寵物診所都因為蘭的紋身而拒絕她的應徵，社會大眾的思想比他們自以為的保守封建得多，部分願意接納蘭的都要求她穿著長袖衣物以免影響客人的觀感。

「以貌取人是不對的，不過你太帥所以不會明白。」寧少拍拍崔宇的肩膀說。在以貌取人的社會下吃虧，寧少感同身受，凶惡的外表與傷痕累累的雙手令他吃過不少苦頭。

「總而言之，你幫我打工是最恰當的了，就算你可以靠光合作用維生，你家兩位主子也不可以呀！」寧少看出蘭開始心動。

「而且在貓 café 工作，我包攬你和主子們的伙食費，你以後可以帶牠們來上班呀，這種待遇實在天底下再也找不到！」寧少繼續遊說，他已感覺到勝券在握。

「開貓 café 要有很多貓咪的，你打算到哪裡找？」蘭喝了一口啤酒，心中已下決定。

「作為『浪爸』，當然是去找浪浪啦！」設立收容流浪貓的貓 café，是寧少的畢生志願，他舉起酒杯，知道距離夢想實現已不遠矣。

「合作愉快。」蘭和寧少碰杯，寧少的第二位員工已順利到手。

崔宇剛想舉起酒杯，怎料被寧少一手阻止。

「你待會還要載我們去一個地方，嚴禁酒精。」在開業之前寧少還有很多準備功夫要做，必須爭分奪秒。

離開大排檔後，崔宇按照寧少吩咐駕車來到通州街公園，在這裡生活的流浪貓們是寧少第一批想帶到咖啡廳，給予他們安樂窩的貓員工。

「蘭，為什麼牠們不抗拒你，卻總是對我兇神惡煞呢！」看著貓咪磨蹭蘭的手，寧少羨慕不已。

「是態度的問題吧，貓本來就是很敏感的動物，更何況是流浪貓，你試試向牠們露出笑容。」蘭邊檢查貓咪的身體，邊向牠們餵食肉泥。

「這樣嗎？」寧少露出那個有點可怕的招牌笑容。

「那可能和態度無關，是樣子的問題呢……孩子們大致上都算健康，但還是要替牠們打針，再作詳細檢查。」蘭將會全權負責貓員工的健康，經歷流浪生活的貓咪很容易會患上皮膚病和寄生蟲等問題，必須在咖啡廳開業前解決。

「崔宇，裝修師傅說幾時完工？」寧少心急不已。

「一週左右吧。」崔宇回應。

「太久了……主子待在這裡多一天，便危險多一天，要儘促他們儘快完工才行。」

寧少咬牙切齒的說。

「是擔心虐貓的事件又再發生嗎？」住在附近的蘭知道日前有人在這公園虐待流浪貓，作案的犯人還未落網。

「嗯，在主子安全之前，我每晚會在這裡過夜，崔宇你叮囑裝修師傅儘快完工吧。」寧少從崔宇的車上取出早已準備好的睡袋。

「你是認真的嗎？」崔宇驚訝的問，他知道寧少是貓癡，但沒想到他癡迷得這麼嚴重。

「和主子有關的事，我是不會開玩笑的。」寧少一臉認真的說。

「夜了，你替我送蘭回家吧，她可是我寶貴的員工啊。」寧少揹起他的草綠色睡袋，準備露宿街頭。

「我一樣是你寶貴的員工啊，又沒見你送過我回家。」崔宇不滿的說。

「在九龍西哪有人敢對你崔公子出手，最多也是一些被你迷倒的大媽和少女上前搭訕罷了。」寧少說罷頭也不回，轉身離去。

而在熱愛男同性愛情故事的蘭眼中，崔宇就像「受」的一方，依依不捨的看著「攻」的寧少離去。

〝Φ人Φ〞

護送蘭回家的路上，崔宇一言不發，蘭還在腦補崔宇和寧少欲拒還迎的愛情故事，令蘭面紅耳赤。

「對了，你和寧少認識很久了吧？我常常聽他提起你。」為免繼續胡思亂想，蘭開口打開話題。

「很久了，倒是我一直以來沒有從寧少口中聽過你的事。」崔宇的表現在蘭看來，像是對情人背著他結交異性朋友而感到生氣，一般人簡稱呷醋。

「我們是在浪浪關注組認識的，本來也只是在網上互通流浪貓的情報，直至我被解雇前，逼不得已才見上一面。」蘭嘗試證明自己的清白，以解開她認為崔宇心中存在的疑慮。

「解雇？」崔宇好奇地問。

「那時我還在愛護動物的非牟利機構擔任醫護人員的工作，本以為我在做正確的事，但現實卻並非如此……」蘭本想著能學以致用，但她卻不得不把學到的用在殘忍的地方。

蘭所屬的非牟利機構經常會接管流浪貓狗，過度繁殖的流浪貓狗的確會對城市造成衛生等問題，被送到機構的動物會被絕育，機構也會提供領養服務，希望為牠們尋獲主人。

但現實總比理想殘酷，機構的人手和資源長期不足，民眾追求名種寵物的風氣未見減退，年紀大或有傷殘的貓狗首當其衝面對最殘酷的對待——安樂死。

人類之間的安樂死尚且未廣泛合法，動物的安樂死卻如家常便飯，蘭已不敢數算自己每週奪去了多少性命，對辭職一事猶豫未決的她迎來了一個轉捩點。

深水埗鴨寮街有一名後巷街霸，她不時捕捉流浪貓，還在後巷經營起繁殖場，販賣初生貓嬰兒。此事被揭發後，大批獲救貓咪被送到蘭所屬的機構，但機構沒有能力應付這急劇的變化，很快便決定放棄一部分貓咪的生命。

接獲通知的當晚，拿著針筒的蘭始終不忍心做出這麼殘忍的事，無計可施的她只想到能向「浪爸」求助，而「浪爸」亦沒有令蘭失望。

「蘭，快帶牠們上車！」頭崩額裂、滿頭鮮血的寧少駕駛著貨車趕到蘭所在的位置。

「你就是『浪爸』？」在毆鬥結束後急急趕來的寧少傷勢嚴重，嚇得蘭目瞪口呆。

寧少成功在保安人員發現前救出了貓咪，蘭在替寧少治療時也了解到「浪爸」的真面目，最終兩人動員所有「浪浪關注組」的力量，為貓咪尋獲庇護。

「我對那一晚還有點印象，只是不知道他匆忙離開是和貓有關。」身為寧少在幫會中的副手，崔宇和他總是形影不離，但和貓咪有關的事，寧少都是親力親為。

「所以……雖然我不像個醫護人員，但我一定會為貓 café 全力以赴。」蘭希望能和崔宇建立互信的關係，以便她獲得更多 BL 幻想的材料。

蘭離開後，崔宇點起香煙後陷入沈思，他很清楚寧少是認真的。但寧少在和洪爺立下賭約後便先行離去，他不知道洪爺對崔宇另有所託。

崔宇

裝修工程進展大致上也十分順利，在崔宇的威逼利誘下，裝修師傅日以繼夜趕工，貓café已漸見雛形，能在短時間內有這成效，全賴前「信義社」財務管理崔宇的功勞。

「嗶嗶嗶嗶……」

鬧鐘響起，崔宇的一天隨即展開，他從不賴床，有條有理的梳洗過後，崔宇便會邊聽財經新聞邊煮早餐。

租住高級私人住宅的崔宇追求時尚簡約的生活，在替幫會「揸數」的期間，效率是他最講究的事，成熟隱重而且表現優秀，在幫會中他的民望比寧少更高。

整理好股票投資組合、吃過早餐洗好碗碟，崔宇便會到衣帽間搭配衣服，挑選合襯的名錶和皮鞋出門。

「崔先生，這麼早便出門嗎？」在大樓住客間的風評，崔宇同樣人氣高企，大家都以為他是大企業的高層、年輕才俊。

「早安。」崔宇總會露出虛假的微笑。

別人眼中的好好先生實際上是黑道世界的智慧型罪犯，崔宇享受成功欺騙別人的感覺。

〃ሞ ⅄ ሞ〃

「信義社」龍頭府邸。

洪爺出院後還得繼續休養，幫會暫時由三個當家同時管理，表面上是展現洪爺對他們的信任，實際上是為了息事寧人，畢竟寧少損了三位老臣子的面子。

崔宇每天都會駕車接送寧少，寧少今早剛從公園回來梳洗，等待中的崔宇向洪爺報告事項。

「現在話事的人不是我，你們萬事小心。」洪爺擔心寧少會遭人報復。

「但是三個月之約，洪爺你是認真的嗎？」崔宇心有疑惑，一直把寧少栽培做接班人的洪爺會否遵守約定。

「阿寧還像個孩子一樣，這麼多年來也吵嚷著開貓café，與其繼續阻止，不如讓他早點面對現實。」洪爺嘆著氣說。

「寧少做事一不做，二不休，如果他真的有辦法在三個月內回本……」崔宇精於計算，雖然他也不認為洪爺開出的條件能達成。

「你是替幫會管理財務的，你知道該怎辦吧？」崔宇是寧少的副手，同樣是洪爺重用的人。

「明白。」崔宇替洪爺倒茶，他已聽出洪爺弦外之音。

「阿寧雖是我的養子，但你在我心目中也一樣分量；我從小看著你長大，能看到你們一起領導幫會，我便死而無憾了。」洪爺喝下熱茶，他對崔宇有恩，崔宇研修的學費全是由洪爺支付的。

「洪爺身壯力健，一定會長命百歲的。」崔宇也喝上一杯，為報答洪爺的恩情，他不會拒絕洪爺的要求。

「啊！崔宇來了嗎？」剛洗完澡的寧少走出客廳。

「啵！你為什麼穿成這樣四圍走呢？」寧少搶眼的虎紋四角內褲嚇得崔宇噴出熱茶。

「吓？在家這樣穿有什麼問題嗎？」寧少邊展示他的腹肌邊問。

「這條虎紋內褲又是什麼回事呢？」寧少的審美觀總是衝擊到崔宇的美學。

「啊！這個是重要日子時穿的必勝內褲，你想要嗎？我還有一條全新的。」寧少扭動臀部，以展示四角褲上的虎紋。

「不必了……今天是什麼大日子嗎？」崔宇深深吸一口氣以平伏心情。

「跟我入房再說吧。」寧少心情大好。

「寧少也好，崔宇也好，兩人和以前仍然一模一樣……你說對嗎？老婆。」洪爺望向客廳中的一幅合照，當中的女性已不在人世。

寧少的房間以粉色為主而且擺滿和貓咪有關的週邊產品，就連床鋪攬枕也是印著貓的圖案，任誰也想像不到這是名震九龍西的「極道猛虎」的房間。

「看！這條圍裙是不是很可愛？我買了這麼久，現在終於有機會穿上它工作了！」印滿肉球圖案的圍裙和寧少的外表形成強烈對比。

「不要在我面前裸體穿圍裙！」崔宇很少激動，除了受寧少刺激時。

「我不是裸體的呀，還穿著虎紋內褲的。」寧少很少會理會崔宇的感受。

「頭痛……我的頭很痛。」崔宇情願進牢房也不願逗留在寧少的房間。

「放心，我不會這麼自私的，你的圍裙我也有準備。」寧少在一個大紙皮箱內取出同款的圍裙。

裝滿大紙皮箱的東西，是寧少多年來為經營貓 café 而準備。

貓 café 是飲食場所，當然需要為客人提供餐飲服務，寧少已沒有充足資金聘請廚師和咖啡師，這意味著廚房工作他們得一手包辦。

ΦㅅΦ

裝修完畢的咖啡廳內，蘭、崔宇和寧少正圍在水吧，看著寧少有板有眼的在泡沫咖啡上拉劃出花紋，從廚房端出的食物又賣相吸引，蘭和崔宇彷彿看到咖啡廳的希望。

「怎樣？很簡單吧？」寧少自信滿滿，紙皮箱內放了多本手寫的菜單食譜，是寧少多年來親手準備。

夢想未能實踐的歲月裡，寧少沒有空等，而是一點一點累積未來他需要的東西。

「難以置信……我從沒想過你會下廚。」蘭驚訝的說。

「你沒想過的東西還有很多……」崔宇心想，如果蘭看到寧少今早的模樣會更吃驚。

「來，試試味道！」寧少奉上他珍藏已久的貓咪餐具套裝。

但理想和現實總是有很大落差，金玉其外往往敗絮其中。

「唔……你確定這杯是泡沫咖啡來的？」蘭懷疑自己的味覺出現問題，泡沫咖啡竟呈現出焦土般的味道。

「讓我看看你的食譜。」崔宇勉強吞下口腔內甜味極具侵略性的蛋包飯。

寧少的筆跡極度抽象，但從每一頁密密麻麻的象形文字，崔宇能看出當中的用心。

「你……跟我過來。」用心是好事，但食物最講究的還是味道。

廚房內一片狼藉，廚具擺放凌亂不堪，用過的食材四處散落，有如戰爭過後的災難現場。

「哪一個是鹽，哪一個是糖？」崔宇問。

「這個是糖……又好像這個才是。」寧少疑惑的說。

「哪一個是黑醋，哪一個是豉油？」崔宇接著問。

「黑醋是什麼來的？」寧少一頭霧水。

「磅呢？量勺、量杯、刻度碗呢？」崔宇無法從災難現場找出物品。

「啊！我看電視節目上的廚師也是隨手量的，所以沒有準備。」寧少理直氣壯的說。

「你以後……還是不要踏進廚房了。」崔宇已找出問題癥結，資深廚師當然隨手就能測出食材分量，但臨時上陣的新兵又怎能有樣學樣？

「那咖啡廳的餐飲怎麼辦？」蘭問。

只見崔宇一然不發便開始重新做過剛才的奇幻料理，他獨自生活多年，下廚經驗十分豐富，然而崔宇之所以會煮食，原因是和寧少有關。

「很久沒見你下廚了，還以為你已經忘記怎樣做了。」寧少說著略顯感慨。

「你是處心積慮把這爛攤子推給我的吧？」崔宇又怎會忘記，那和寧少相遇有關的故事。

寧少從孤兒院中被洪爺收養，是在他小學三年級時的事，那時候的寧少暴躁反叛，對所有人也看不過眼，活像對人類充滿戒心的流浪貓，動不動就張牙舞爪。

「看什麼？揍你啊！」小寧少幾乎對學校的每個人都説過這番話，包括教職員。

「阿寧……你這樣在學校是交不到朋友的。」洪爺的妻子——秋霞常被呼叫到學校，因此十分擔心。

「不愧是我的兒子，年紀小小已充滿黑道風範。」反觀洪爺樂在其中，無兒無女的這對夫婦視寧少為恩賜。

但初被收養的寧少對洪爺和秋霞還是十分抗拒，在他的骨子裡有著寄人籬下的感受。他是被拋棄的、孤獨的，寧少不停提醒自己眼前的家庭和家人不是屬於他的，是虛假的。

同學不敢跟他貿然接近，成功把自己孤立的寧少樂得清閒，然而同樣形單影隻的除了寧少外，還有和他同班的小崔宇。

「他的書包校服都破破爛爛和髒兮兮的。」

「不要接近他，不知道會被傳染什麼疾病的。」

「我在飯堂見過他偷吃別人的餘飯，真令人嘔心。」

寧少是自己選擇孤獨的，崔宇是被排擠在外的，但寧少在崔宇身上察覺到似曾熟悉的感覺。

崔宇是在單親家庭中長大，生父自崔宇有記憶以來便不知所終，母親又終日不在家，家中沒有成年人照顧崔宇。幸運的話，他的母親會留下足夠的生活費然後消失數日，不幸的話，小崔宇唯有餓著肚子等待母親回來。

寧少留意到家長日時崔宇的父母沒有出現，再加上同學散播的流言蜚語，他便知道自己為什麼會被崔宇吸引。

某天午飯時間，崔宇挨著飢餓在飯堂外等待，他的母親已消失半個月，留給他的生活費在一星期前已耗盡，崔宇多天沒有吃晚飯了。

「喂，要一起蹺課嗎？」這是寧少第一次和崔宇説話。

「蹺課到哪裡去？」快要體力不支的崔宇問。

「去飽餐一頓。」寧少拉著崔宇逃學。

「阿寧？這時間你為什麼會在這裡的？」秋霞對養子突然回家大感意外。

「別説這些了，霞姨，有飯吃嗎？我們肚子餓了。」那時候寧少甚少主動和養父母説話。

「有……我馬上煮飯。」更令秋霞意外的，是寧少竟然帶朋友回家。

「你父母很有錢的嗎？」崔宇輕聲問。

「啊，他們是很有錢的，但不是我的父母。」寧少覺得比起養父母，崔宇更令他自在，更感覺親切。

「那你的父母在哪？」年少的崔宇未知道養父母是怎樣的概念。

「不知道。」寧少也一樣，他只知道自己的家庭和別人的是不一樣的。

「我也是……」崔宇也知道自己的父母和別人的不同，別人的父母是愛護兒女的，是不會消失不見的。

「孩子們，可以吃飯了。」秋霞感到意外同時喜出望外，這是寧少首次提出要求。

這天的午飯並不是什麼山珍海味，不過是隨處可見的蛋包飯，但孩子們狼吞虎嚥的情景，成為了秋霞畢生難忘的寶貴回憶。

就像找到同類一樣，寧少和崔宇很快熟絡起來、形影不離，而自此以後，寧少家的餐桌上總多了一份給崔宇的餐具。

〃ФㅅФ〃

「好吃……這程度真的可以賣給客人了。」蘭吃著崔宇的料理眼前一亮。

「唔！比得上霞姨做的。」寧少也滿意的大口吃著。

「不過是蛋包飯……能像你做得那麼難吃才令人覺得出奇。」崔宇使用過的廚房還是井井有條，不會遍地屍骸。

「霞姨是誰？」蘭問。

「我過身的……養母，教崔宇下廚的人。」提起霞姨和料理，寧少還是會覺得傷感難過。

因為直至霞姨離世，寧少還未能開口叫她一聲媽媽。

〃ФㅅФ〃

自從交了崔宇這朋友，寧少也變得主動起來，沒有像初開始般抗拒這新家庭。

「霞姨！我帶崔宇回來吃飯了。」寧少幾乎每天也會拉著崔宇回家。

「啊，你們先去洗手，我很快便準備好了。」秋霞喜歡這種變化，兩個孩子讓寬敞的大宅充滿生機。

「夫人，其實飯菜不用麻煩你親自煮……」寧少家有雇用工人。

「不麻煩，這是我難得的一點樂趣。」洪爺忙於處理幫會事務，黑幫的第一夫人也沒有多少親友敢接近，和孩子們親近的時間是她每天最期待的事。

「嘩！今晚有漢堡扒！」寧少大快朵頤。

相處時間久了，秋霞留意到崔宇的家庭狀況，也派人徹底調查過她可以為崔宇做什麼。

「小宇，你要不要像阿寧一樣，當霞姨的兒子，和我們一起生活？」思前想後，秋霞認為這是最理想的方法。

雖然身上沒有明顯的傷痕，但長期缺乏照顧的崔宇已受到實際傷害，秋霞可以從法律途徑向他的父母提出訴訟，爭取崔宇的撫養權。

「不……」崔宇放下碗筷，搖搖頭說。

「為什麼？你不喜歡這裡嗎？」秋霞不明所以。

「如果我也不在，媽媽回家的時候便只餘下她一個人，一個人是很孤獨的。」善良的崔宇不想母親體驗他感受到的孤獨。

「我明白了……吃飯吧。」秋霞別過臉偷偷擦掉眼淚。

「如果我不當霞姨的兒子，以後還能來這裡吃飯嗎？」崔宇知道這裡本來就不屬於他，就算一切消失也是理所當然。

「當然可以！你每天都可以來，我隨時都歡迎你。」秋霞連忙說。

「我還有一件事想請求。」崔宇不好意思的說。

「什麼事？什麼事也可以！」秋霞只想這小傢伙能好好長大。

「我可以……跟霞姨你學煮飯嗎？」崔宇鼓起勇氣提出要求。

「為什麼？」崔宇現在能有三餐溫飽，秋霞不明白為何他還要學習。

「因為霞姨煮的都很好吃，如果我也能煮出這樣的飯菜，或許媽媽會多點回來。」崔宇燦爛的笑著說。

「乖……崔宇真的很乖。」秋霞把崔宇緊緊抱住，小孩子的純粹深深感動了她。

看著這一幕的寧少沒有感到嫉妒，而是覺得很幸運，領養他的這個家庭十分溫暖，照顧他的大人是多麼善良。

=ФㅅФ=

飽餐一頓後，寧少、崔宇和蘭在水吧品嘗著崔宇沖泡的咖啡，大廚一職塵埃落定，算是解決了貓 café 開業的燃眉之急。

「崔宇，你到底有什麼是不會的？」寧少滿足的說。

「不知道，也不想知道……」崔宇懷疑寧少還想繼續增加他的工作量。

「但是……為什麼廚房和水吧要分開兩個位置？結合在一起的開放式廚房不會更吸引客人嗎？」蘭問。

「對於飼養寵物的餐飲業，衛生管理是十分嚴格的，廚房內連一條貓毛也不能容忍，食環署的檢查是我們的下一個難關。」解決了膳食供應的問題，還有其他難題在等待寧少解決。

「寧少你的職責呢？我們的人手還是嚴重不足。」崔宇問。

「我？我主要的職責是照顧主子們的需要，確保牠們有最優質的生活環境。」寧少以貓為先。

「是工作環境才對吧……最重要的是客人！是收入！」崔宇感覺自己比寧少更在乎

這場賭局的勝負。

「放心，只要主子感到滿足，客人便會感到滿足，貓 café 嘛……最重要的當然是貓啦！」寧少成功說服到自己。

「時候不早了，我還要去看守公園，散會！」在流浪貓們安全進駐咖啡廳前，寧少的保衛戰還在繼續，揹著草綠色睡袋上路的他，將在深水埗製造又一都市傳說。

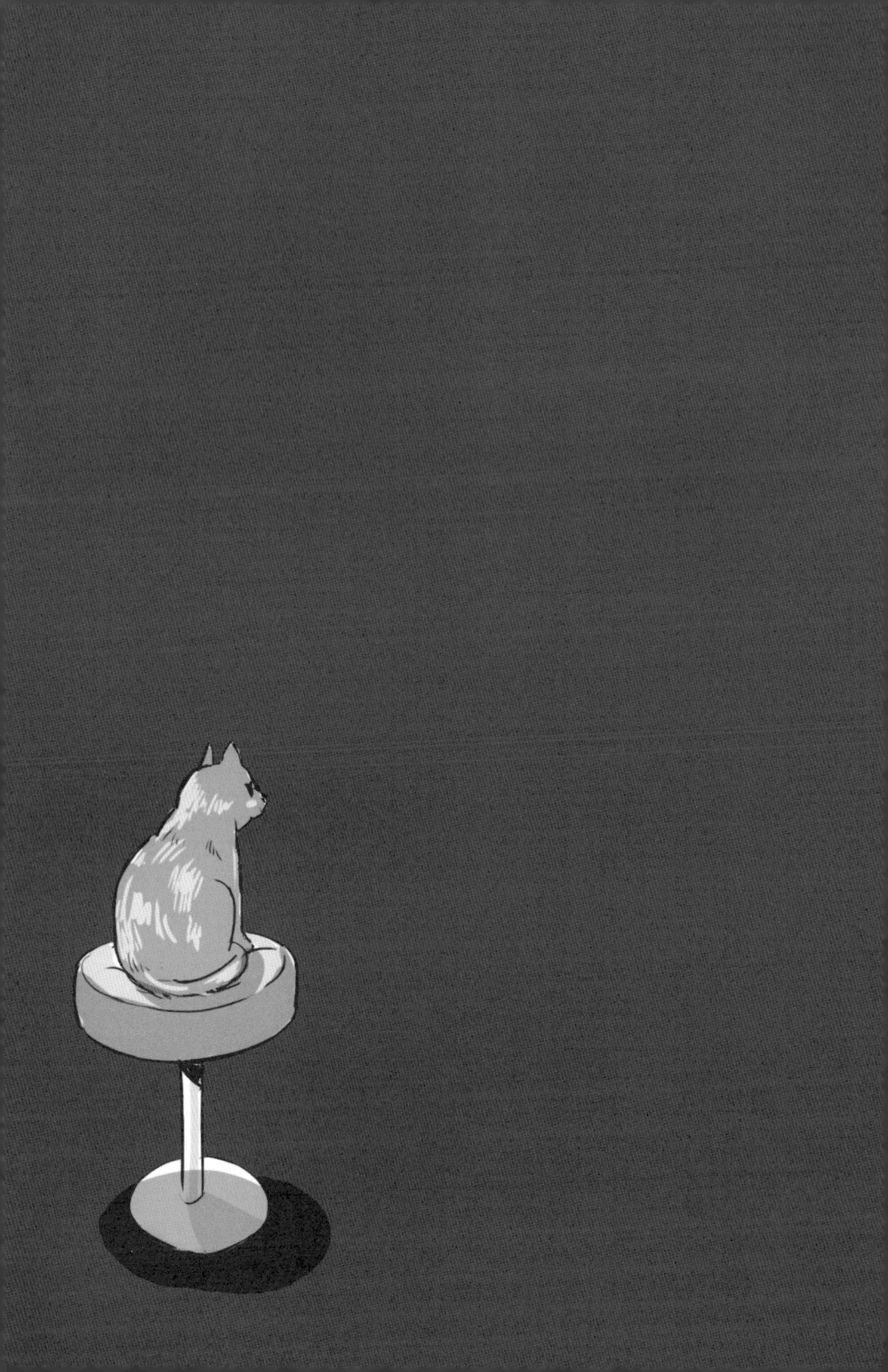

青瓜人

凌晨時分的通州街公園，為了守護棲息在這裡的流浪貓，凌少開始了露宿街頭的生活，但一連幾晚他也等不到目標人物。

在深水埗發生的幾宗虐待流浪貓狗的案件，犯人仍然逍遙法外。事實上，在香港每年所發生的上百宗同類案件，一半以上也未進行檢控。主要原因莫過於警方找不到涉案犯人，也沒意欲投放更多警力在虐待動物的案件上。對他們來說，抓一個販毒的癮君子比起虐待動物的犯人有價值得多、對仕途有幫助得多。

活在同一天空下的人與貓，同樣是生命，卻有著不同的價值。

但世上總有傻瓜像寧少一樣，一旦接觸過貓，便會心甘情願成為奴才。

「那可惡的心理變態……我一定會將你繩之以法的。」潛伏在公園內的阿晴，一邊咬著運動能量棒一邊自言自語。

梳著齊蔭短髮的林晴是一名新紮師妹，近日為了捉拿虐待動物的犯人，就算在休班時間，她也主動巡邏各個犯人曾作案的地點。

「幸好有浪爸常常分享流浪貓的資訊，我要好好支援浪爸，做一個和他一樣散播善心的人！」阿晴是浪浪關注組的忠實擁躉，也是浪爸的粉絲。

「俗語有話相由心生，如此心地善良的浪爸一定是個英俊秀氣、氣宇軒昂的美男子……我真的很想親眼見浪爸一面。」阿晴陷入幻想之中，群組中只有蘭見過浪爸廬山真面目，在其他人眼中浪爸是一個都市傳說。

「出現了！」阿晴伏低身子，像頭蓄勢待發的野貓，準備在可疑人物行兇時人贓俱獲。

「臭上司……臭客戶……每一個也豬狗不如。」疑犯步履不穩，眼神散渙，顯然是個神志不清的醉漢。

「喂！過來……」醉漢對不遠處正在大口吃著餘飯的流浪貓大呼小叫。

受到驚嚇的流浪貓邊提防著醉漢邊加速吞嚥嚼食，能在公園飽餐一頓並不是理所當然的事。

「別無視我！區區流浪貓憑什麼小看我？」醉漢老羞成怒，想把在職場中受到的冤屈發洩在弱小生命之上。

弱肉強食、欺善怕惡，醉後的人類不作掩飾，醜陋的姿態堪比禽獸。

醉漢的叫囂嚇得小貓咪逃竄進草叢，追上前的醉漢來勢洶洶，小貓咪若被抓到後果不堪設想。

「天殺的混帳小子！本少爺今天便要宰了你！」阿晴正想行動之降，草叢中突然冒出高大粗壯的綠色條狀物體。

「妖……妖怪呀！」醉漢被迎面冒出的綠色巨物嚇得目瞪口呆，連奔帶跑的想要逃離現場。

「青……青瓜？」不遠處的阿晴也大為震驚，還在睡袋中的寧少只有面孔外露。

「休想逃！」壯碩的手腳破袋而出，寧少的模樣比剛才更令人聞風喪膽。

「青瓜人？」阿晴懷疑自己太疲倦而出現幻覺，呆坐原地看著人形青瓜赤腳追著醉漢遠去。

〝ΦㄚΦ〞

深水埗警署的審訊室內，還包裹著睡袋的寧少十分煩躁，他成功捉拿醉漢歸案，理應記錄口供後便能離開，但現在他卻被當成可疑分子遭審問。

「阿 sir，我已經說了不下十遍，我是為了捉拿虐待流浪貓的犯人才會守在公園，現在那變態佬已被我押上門了，你們只需落案檢控就好。」寧少不耐煩的說。

「那醉酒佬說他什麼也沒做過，今天只是心情太差喝醉後才表現失態，而且剛才他只是對流浪貓大吼了幾句，你卻裸著身子追了他九條街……怎樣看你才更像個變態吧。」中年警員鄙視著寧少。

「我沒有裸跑呀，我全程也穿著睡袋的……你別聽他砌詞狡辯了，我已在公園埋伏好幾個晚上，就只有這傢伙對小動物大吵大鬧，犯人一定是他！」寧少態度堅定，若不是他及時出現，剛才的小貓咪可能已身受重傷。

「信義社龍頭大哥的養子半夜在公園鬼鬼祟祟……寧少，你別低估我的智商了，從實招來吧。」中年警員打開天窗說亮話，他從未把寧少當作提告人，而是想趁機會把他入罪。

「好人當賊扮，你是有意留難我的吧？」寧少握緊拳頭強忍怒火，他不介意被冤枉，他介意的是浪浪的生命安全。

「我不介意和你繼續耗下去，像你這種目中無人的黑社會就該整治一下。」

雖然現今社會警權愈來愈大，但法治社會還是得講講程序，想以莫須有的罪名與師問罪，要先過律師這一關。

「我是那條青瓜的代表律師，沒證據起訴我當時人的話，我現在便要帶他離開。」崔宇在另一名警員引導下來到審訊室，寧少因相貌和身份而被針而不是鮮有的事，崔宇早已判定警方沒有證據。

「不過是發生少許誤會，竟出動到信義社的金牌律師大駕光臨。」中年警員說。

「少許誤會會勞煩西九龍反黑組的組長親自出馬？王 sir 你未免太會開玩笑吧？」崔宇和王 sir 素有交手經驗，為幫會消災解難是他的職責。

「西九龍反黑？」寧少以為面前的只是普通警員，不知道對方一直在他的字裡行間尋找入罪的機會。

「你沒有證據證明醉酒佬虐畜，他也沒有打算追究你的責任，既然是一場誤會，你們隨時可以離開。」王 sir 態度轉變，他知道崔宇出現後便無法繼續耍賴。

「崔宇，那人真的不是虐待狂嗎？」寧少邊跟隨崔宇離開警署邊問。

「嗯，他有充分證據證明早前發生的案件他也不在現場。你沒有在王 sir 面前亂說話吧？」崔宇擔心反黑不會就此罷休。

「本少爺光明磊落，而且是個正當商人，有什麼好怕？」寧少昂首闊步，問心無愧。

「你這身打扮一點也不像正當商人……我送你回去換套衣服吧。」雖然寧少的奇怪行為總令崔宇頭痛，但他欣賞寧少的率性。

「但我還要回公園保護主子們啊。」寧少扭擰著說。

「你不知道貓會被青瓜嚇跑的嗎？」

但崔宇還未下定決心……

「為什麼？」寧少問。

「因為青瓜長得像牠們的天敵——蛇。」

……到底該全力幫助寧少，還是按洪爺的意思去辦。

一旦成為社團中人，要離開並非容易的事，極度貓奴想以貓 café 賴以為生，還有一大堆問題會接踵而來。

警署內反黑組組長盯著遠去的寧少和崔宇，他當然不會放棄抓捕這兩個信義社的核心人物。

「你是新來的……名字是？」王 sir 問。

「Sir！我是上星期入職的深水埗巡警阿晴，警員編號……」阿晴在目睹青瓜人和醉漢的追逐戰後便來到警署備案。

「得得得……阿晴，明天開始你就隸屬西九龍反黑，我有一個重要的任務交給你。」

王 sir 說。

「反黑？我？」阿晴受寵若驚。

除了問題接踵而來外，寧少還未知道自己正四面楚歌。

變態佬與貓薄荷

風和日麗的平日早上，寧少相約崔宇和蘭在元朗錦田集合，他們此行的目的是為貓café的開業作最後準備。

「寧少呢？約我們一大清早到這麼遠的地方……自己卻不見蹤影。」御宅腐女蘭是個夜貓子，甚少在陽光普照的時間出沒。

「不知道，那傢伙肯定又想出了什麼鬼主意……」崔宇的不祥預感通常都會應驗。

「親愛的員工們，早上好呀！」寧少身穿長長的乾濕褸，今天的寧少幹勁十足，心情大好。

「天時暑熱在郊外穿成這樣，你小心中暑呀！」蘭沒好氣的說。

「今天的我確實火辣辣，你們小心點別被我燙傷。來！我為你們準備了早餐，今天要消耗不少體力呢！」寧少遞上兩包腸粉，來自錦田一隱世士多中的馳名美食。

「遲到是為了買早餐給我們嗎？算你有點良知。」蘭雖然身材苗條，但其實是個嘴饞的吃貨。

「你剛才去了浪哥的士多？去挨揍嗎？」過著隱居生活的浪哥是崔宇和寧少的老朋友，年少輕狂的寧少曾多次走入元朗挑戰這位傳奇人物，每一次均被教訓得體無完膚。

「崔律師，我是正當商人來的，你別老是想著打打殺殺好嗎？」自從和洪爺立下賭約，寧少便感覺自己煥然一新。

「請問這位正當商人山長水遠走入元朗又所為何事呢？不會是為了吃腸粉吧？」崔宇覺得事有蹺蹊。

「當然是為業務而來呀，蘭你再把鼻子湊近我，我便揍扁你。」寧少神神秘秘的說。

「不……我總覺得嗅到一陣似曾熟悉的怪味，你們嗅不到嗎？」蘭一臉疑惑的問。

「呵呵，我們此行既對業務有幫助，又有益身體健康，本少爺實在是百年難得一遇的天才。」寧少充期期待的表情教崔宇愈來愈不安。

行山，是近年愈來愈多人參與的假日活動，假日的山頭人流可以和旺角媲美，人山人海，水洩不通。但真心為健康、為興趣而走上山野的人，未必多於為打卡、為湊熱鬧蜂擁而至的潮流追逐者。

這也導致本身在山上過得風平浪靜的流浪貓面對嚴重的威脅。行山人士留下的垃圾、破壞的自然生態、惡意的騷擾，這些統統都為流浪貓帶來不良影響。

幸好今天是平日，山頭上沒有多少登山客。

「你早點告訴我們是來行山的話，我們就穿著運動服嘛……」蘭穿著高跟鞋叫苦連天。

「跟你們說的話，你們這些懶骨頭還願意來？再者行山也不是今天的主要任務……」寧少隱瞞的不只如此。

「主要任務？」汗流浹背的崔宇邊喝水邊脫下西裝背心。

「無錯，你們的主要任務……是見證奇跡發生！」寧少猛力扯開乾濕褸，底下幹練的肌肉在汗水和陽光下閃閃生輝。

「啵！咳……咳咳咳……」崔宇嚇得被水倒嗆。

「變態！」蘭立即雙手掩面，但眼睛卻在指隙間誠實地張望寧少的肉體。

「我今天誓要迷倒這山頭內所有主子！」寧少自信滿滿的除下乾濕褸。

「你還未吸收教訓嗎？上一次你套著睡袋裸跑已經鬧上警署了，現在你只穿著內褲在山野遊蕩，沒有律師能保得住你的。」崔宇感覺替幫會洗黑錢也比照顧寧少容易。

「崔律師你又搞錯了，雖然同樣是虎紋，但這一條並不是內褲，而是泳褲來的。你看看這反光的材質和貼身的剪裁，是不是也想買一條以備不時之需？」寧少邊秀著肌肉邊說。

「哪有人穿泳褲行山的？你這變態佬還是不要影響市容啦……」蘭說著的同時，腦海中正幻想著崔宇也只穿虎紋內褲的樣子。

「怎會沒有，我經常在 ig 和電視節目上看到穿比堅尼行山的人，而且我這樣做是有合理的原因的。」寧少邊運動著身體邊說。

「什麼原因？」寧少脫掉乾濕褸後，崔宇也感受到一股異味撲鼻而來。

「為了讓氣味散發開去，吸引更多主子和我前往烏托邦。」寧少張開雙臂，讓體味散發開去。

「這氣味……難道是貓薄荷嗎？」蘭終於認出那似曾熟悉的氣味。

貓薄荷被喻為貓界大麻，其氣味能刺激貓科動物使牠們興奮、翻滾、做出磨蹭的動作，表現得有如喝醉一樣。

「正確！不愧是本店的專業獸醫，本少爺今早特意泡了一個貓薄荷澡，現在我化身成貓界的大麻，主子們面對我一定會欲罷不能！」寧少在浴缸放入大量貓薄荷配以熱水浸泡全身，這行為是不值得支持的，因為這很可能會令人類皮膚出現過敏反應，只有像寧少這種貓咪十分抗拒的重症貓奴才會不惜以身犯險、以命相搏。

「有必要這樣做嗎？」崔宇掩著鼻子退後。

「我和蘭有約在先，絕不強行捉流浪貓回貓 café 生活，但我還是想儘可能拯救我的主子……所以我唯有犧牲色相，以身作餌！」見崔宇迴避，寧少更刻意靠近。

寧少和蘭討論過貓 café 的經驗方針，他們希望能為流浪貓提供庇護，同時為牠們尋找主人，café 能容納的貓始終有限，他們聯繫了其他民間的流浪動物保護組織，希望能建立起高效率的網絡，令更多人以領養代替購買。

「放心吧崔仔，本少爺又怎會忘記你的份兒，這瓶噴霧取自我今早沐浴後的洗澡水，噴上它後你也能成為吸引貓咪的神器。」寧少不知從哪裡抽出小瓶，為了保護更多貓咪他無所不用其極。

「瘋子……滾開！別靠過來！」冷靜的崔宇快被寧少弄至理性崩潰。

「蘭，你要噴一下嗎？」寧少興奮地問。

「不用了，我對人類過敏……」蘭開始擔心腦殘是否具有傳染性。

「啊！出現了！」嗅到濃烈貓薄荷氣味的貓咪開始對寧少產生好奇。

「你別太激動，不然會嚇跑牠們的。」蘭知道寧少雖然瘋狂，但出發點是美好的。

「請盡情享用。」能被貓咪包圍是寧少夢寐以求的事。

「為什麼又跑開了？」寧少失望的問。

「並不是所有貓也對貓薄荷有反應的。」貓薄荷的效果因人而異。

「啊！反肚了！」也有些貓咪一嗅到貓薄荷的氣味便攤軟撒嬌。

雖然是借助藥物效果，但寧少今天好歹淺嘗到被貓咪包圍的幸福滋味，只不過他也在接下來的數天付出代價，過敏導致的痕癢和血腫遍布全身，寧少以後也不敢再濫用貓薄荷。

〃ΦㅅΦ〃

九龍城寨是傳奇般的罪惡之城，這片三不管的地方曾孕育出無數令人聞風喪膽的風雲人物。在九龍城寨被政府清拆後，各路黑幫為了紀念這裡的人和事，立下了一條不成文規定。

「戰火不燒九龍城。」

幫會間的衝突糾紛不能在九龍城內發生，久而久之九龍城成為了和平談判的最佳地點，特別是當中極具標誌性的中菜館──「龍城共聚」。

「信義社」三大當家現在手握實權，他們不知道洪爺和寧少之間的賭約，只知道當下是難得的機會，他們能不受洪爺制約，賺更多的不義之財，召集更多的亡命之徒，三個月後就算洪爺出山也孤掌難鳴。

權力遊戲從來兵貴神速，三個月的空白期鐵定要洪爺付出沉重代價，不過為了令寧少心悅誠服，他還是押上他的畢生心血。

「洪爺是不會放棄寧少的。」豹面心有不甘的說。

「我們照計劃行事，三個月後任這小老虎怎樣掙扎也無補於事吧？」肥翁等人如洪爺所料，的確對寧少懷恨在心。

「不……除非有人宰掉這臭小子，不然我們還是不可以安心。」光頭一臉惆悵。

「所以我才約兩位明白事理的人來『龍城共聚』。這小老虎我們不好下手，但有人很樂意代我們效勞。」豹面陰險的笑著。

「還有誰人未來到嗎？」四人桌上還餘下一個空位，肥翁意會到今晚的主角還未到場。

「要對付猛虎，還是得由惡龍出馬。」豹面相約眾人到禁止交戰的九龍城，原因是最重要的客人並非信義社中人。

九龍黑道之中有兩大傳說，西邊猛虎殺破狼，東邊惡龍破千軍。

一統九龍東的最大幫會——「福字頭」的最強打手賀一龍打開鮮紅的法拉利車門，從副駕駛席下來的女生留著灰白及耳的短髮，兩人作為「福字頭」的代表步入「龍城共聚」，這一次密會將會徹底改變九龍黑幫的格局。

Meow 07

追憶

沙田萬佛寺，寧少凝視著養母的靈位，每逢重要的日子到來，他也會前來拜祭。慈祥和善的霞姨是寧少的救贖，也是寧少人生的轉捩點。

如果沒有遇上秋霞，寧少會遇到好心收養他的人嗎？如果沒有遇上秋霞，寧少又會成為黑道中無人不曉的大人物嗎？種種想法也在寧少腦海中揮之不去，曾陷入瘋狂的極道猛虎和愛貓如命的極度貓奴，它們都是寧少真真實實的一面。

「我就知道你會在這裡。」只有和寧少走過每一段路的崔宇，能真正理解，真正幫助寧少。

「啊。」寧少少了平日的朝氣，多了一份患得患失的感覺。

「為什麼擺出一副臭臉？想離開信義社，想經營自己的貓 café，這些現在都實現了，你還有什麼不滿嗎？」崔宇問。

「對呢……終於也走到這一步了。」寧少正式進入幫會，是在高中畢業的那時。

從十七歲打拼到廿五歲，每一天也走在刀口之上，不記得自己把多少人送進過醫院，也不記得自己出入鬼門關多少次。為的並不是自己的優越感，也不是生於黑道世家所以沒有選擇，而是寧少自己決定的。

投奔修羅地獄，化身浴血厲鬼。

〃ФㄨФ〃

臨近高中畢業時，寧少對未來的發展未有肯定的想法，雖然想經營貓 café，但卻沒有開業資本，他只想儘快過上獨立的生活。

籃球場上，大汗淋漓的寧少和崔宇躺在球場邊思考著去向。

「洪爺不是很希望你繼承幫會嗎？」崔宇問。

「啊……但霞姨叫我不用理會他，想做什麼就做什麼，我現在只想儘快儲夠錢搬離老家。」寧少感到前路茫茫。

「你有這麼討厭他們嗎？」崔宇和寧少相反，寧少獲得了善待他的養父母，崔宇擁有的卻是對他不聞不問的血親。

「不是討厭啦……不過唯有獨自生活，才能養很多很多貓咪，才能過著被主子包圍的生活！」這時的寧少已深深被貓俘虜，甚至為貓做出過一個他十分痛苦的決定。

但就算寧少多喜愛貓也好，傳統而且守舊的洪爺也不容許家中有貓出沒，他認為黑道中人必須令人望而畏懼，不能被人小看，當成軟柿子。所以寧少家中可以養惡犬，但絕不能養小貓。

「你呢？你打算將來做什麼？」夜空一片漆黑，像寧少所看不見的未來。

「還未決定，我成績太好，太多選擇了。」崔宇是學霸，他的成績能在各大院校中任意選擇。

「你是在炫耀吧？你的性格真令人討厭。」寧少的成績不獲大學收錄。

「選擇是一樣令人很頭痛的事，這種煩惱你是不會明白的。」崔宇打趣的說。

「哈，一想到不用天天對著你，我就感覺心曠神怡。」寧少不甘示弱。

「寂寞的話就打給我吧，我會盡量聽你電話的。」青梅竹馬的兩人相信情誼不會因距離而疏遠。

性格不同的兩人理應踏上不一樣的道路，但意外總是來得突然，而且令人措手不及。

〃ФㅅФ〃

畢業當日，秋霞説過一定前來寧少和崔宇的畢業典禮，任寧少怎樣推搪也她也堅定不移，她特別珍惜能見證孩子長大的紀念日，但直至典禮結束，秋霞卻依然沒有在學校出現。

洗衣鋪外，秋霞剛領取洗好燙直的兩套畢業袍和四方帽，她滿心歡喜的走到附近的花店，為了這天她還預備了兩束大得誇張的鮮花。

「夫人，你的花已準備好了。」女職員恭敬有禮，她知道今天對老闆娘意義重大。

「很漂亮，真想快點看到阿寧彆扭的樣子。」秋霞的笑容洋溢滿滿的幸福，兩束鮮花中都有帶著四方帽的貓玩偶，是她特意準備。

「夫人拿著這麼多東西，不如我幫你放到車上吧。」女職員捧著鮮花走向店門，還未伸手門已被人推開。

"ღ⅄ღ"

「霞姨還未來到嗎？」校門外，兩人等候了兩三個小時，校內的畢業生早已和家人離去，寧少雖然口裡説不，心底裡還是有所期待。

「她的手機沒人接聽，不會是出意外了吧？」崔宇覺得不對勁，秋霞從小便教導兩人守時和承諾的重要，她不可能在這重要的日子一反常態。

「老頭子的手機也無法接通。」寧少坐立不安，不祥的預感愈發強烈。

可惜寧少等到的不是來祝賀的家人，而是前來報喪的仇家。

黑色的七人車在兩人旁邊急速剎停，手持利器的六名大漢二話不說便向兩人揮刀。

「寧少！」還在等待電話接通的寧少險些被一刀封喉，幸好崔宇反應及時一把將寧少推開。

寧少和小混混間的打鬥數之不盡，但存心奪命的廝殺他是首次經歷。

「你們是哪幫會的？」一切發生得突然，卻不會是巧合。養父母失去聯絡，自己也被重重包圍，原因只有一個。

「信義社的少爺，記著送你們全家一起上路的，是福字頭！」人數佔盡優勢，對方又手無寸鐵，刀手完全不把寧少放在眼內。

九龍西和九龍東的血戰在這天徹底爆發，福字頭向信義社發動突擊，幫會所有重要成員也同時遇襲。

但刀手不只小看了這頭幼虎，更觸碰了他逆鱗。一想到霞姨遇上危險，寧少便瘋了似的猛烈進攻，前來狩獵的獵人反被殺個措手不及。

寧少野獸般的本能反應完全覺醒，就算身上的刀傷愈來愈多，白色的襯衫已染成血紅，他也像感受不到痛楚般繼續揮動拳頭，直至刀手全部倒地不起。

「我只會問一次，霞姨在哪裡？」寧少在血戰的期間，崔宇已開始對倒下的人進行審問。

崔宇的眼神冷酷無情，在刀手耳背上架上利刃，刀手立即和盤托出，但崔宇沒有因為得到答案而滿足，他還是把刀手的耳朵清脆割下。

「霞姨！」寧少和崔宇火速趕到花店，但花店已被警方的封鎖線圍住。花店內遍地血跡，再繽紛的花也不夠這片鮮紅奪目。街坊行人在圍觀討論，大家也知道這花店是黑幫經營的場所，覺得發生流血事件也是咎由自取、死不足惜。

「寧少……你也出事了嗎？」三位幹部同樣遇襲，肥翁死裡逃生後便四出確認幫會成員的生死。

「霞……霞姨呢？」寧少不敢多想，地上的血量已告知他答案。

「洪爺還在深切治療部，大伙兒也守在醫院裡，你快點過去吧，現在那裡才是最安全的地方。」若洪爺大難不死，不排除福字頭會到醫院下手，現在誰也想不到福字頭的下一步。

一切來得突然，而且不講仁義道德，因為發起這次偷襲的人是徹頭徹尾的瘋子。

「我問的是……霞姨，到底在哪裡？」寧少強忍著憤怒的淚水，咬緊牙關保持最後一點理智。

「她也在醫院……不過是在停屍間。」明明在吵鬧的環境，肥翁的話卻格外清澈。

寧少久久不語，就算崔宇叫喚他，他也毫無反應，他的腦海不斷浮現霞姨以溫暖的笑臉和溫柔的聲音，向他說的話。

「無論你想做什麼也好，只要答應我你會全心全意，全力以赴、我便一定會支持你。」

從那一天起，復仇就成了寧少全心全意全力以赴去做的唯一的事。

為了秋霞，寧少會遵守約定，化作厲鬼。

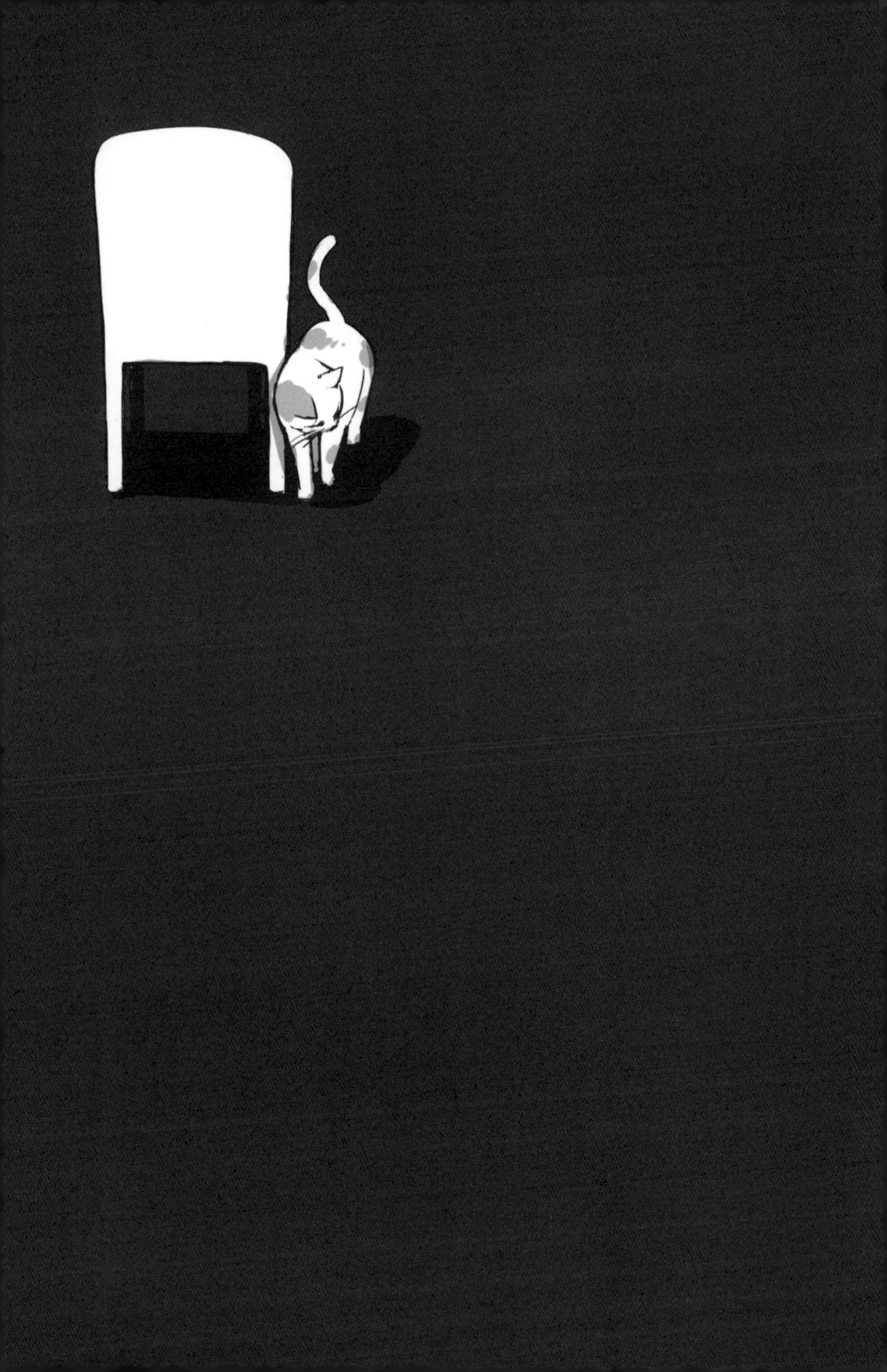

鬣狗

醫院內擠滿了信義社的傷者，醫護人員人手不足導致場面一片混亂，洪爺手術後還未導過危險期，幫會不少骨幹成員受傷不淺，群龍無首的信義社陷入了前所未有的危機。

然而危機不止於此，信義社把重要的人力都放在守護醫院上，導致多個娛樂場所沒有足夠的守備力。

「翁哥，鬣狗的人還在踩場……我們該怎樣做？」肥翁手下的人匆忙匯報，外面的情況比醫院更混亂。

「可以怎樣做？洪爺一日未醒，我們只能按兵不動……」肥翁不敢輕舉妄動，若在這時候再添亂子，這責任他可承擔不了。

幫會位高權重的人畏首畏尾，還未是幫會成員的寧少卻鋌而走險。

「鬣狗在哪裡？」簡單包紮傷口後，寧少連紅彤彤的校服也未來得及更換，已急不及待找仇家算帳。

「油麻地那邊的娛樂場所，他們在掃蕩我們的地盤。」肥翁的手下被殺氣騰騰的寧少震懾。

「對自己身手有信心的人跟我來，其他人繼續守在醫院，以免福字頭的人來襲擊。」寧少發號施令，認同他做法的幫會成員紛紛站了出來。

按兵不動只會失去更多資源和據點，往後要翻盤便會難上加難。

一瞬間，近五十人響應比自己年輕的寧少號召，這不令寧少感到意外，令他意外的是崔宇還在他的身旁。

「崔宇，你不用跟著我，這是我的家事。」寧少很清楚現在做的事，意味著今夜過後，他便徹底成為黑道中人，他不希望前途一片光明的崔宇受牽連。

「你不要自作多情，霞姨的事，也是我的事。」但這是崔宇自己的選擇。

「從現在起，這裡就是福字頭的地盤。」福字頭的人馬乘勝追擊，連夜搶奪了油麻地內多間麻雀館。

「拿最好的酒和女人出來，今天不營業了，全部人來招呼我們的新老闆。」夜總會也同樣成為目標，策劃這次突擊的鬣狗更佔據了信義社旗下最大的夜總會——「金樓」。

鬣狗高挑顯瘦，留著長長的髒辮髮型，他一坐下便取出毒品大搖大擺地在人前吸食，染上深深毒癮的他神智沒有多少時間是清醒。而且他隨時隨地也在褲後袋插著兩把鐵鎚，只要稍為不愉快便把人鎚成肉餅。

「鬣狗雖然瘋瘋癲癲，但辦起事來真夠心狠手辣。」守在門外的兩人點起香煙，就算同樣是福字頭的人也摸不清鬣狗的想法。

「那卑鄙的瘋子從不按套路出牌，只不過讓鬣狗掌控福字頭的話我們也未必有好日子過。」今日信義社經歷的權力鬥爭，當年福字頭也發生過。

這時候福字頭的龍頭——唐福，準備金盤洗手、退位讓賢，但繼任的條件只看能力功績，就算親生兒女也要和他人公平較量，當中鬣狗的行動最快，而且野心也最大。

「嘎……信義社這麼不堪一擊，一直以來，老大是在跟我們開玩笑嗎？」鬣狗猛力一吸，一陣強烈的刺激直衝進大腦，他還想要破壞更多、侵略更多。

鬣狗的行動連唐福事前也不知道，為了在競爭中脫穎而出他做了其他人都不敢做的事。他瞄著陪酒女郎曼妙的身材，準備進一步行動之時，卻有人打擾了他的雅興。

「鬣狗，老大叫你立即回去。」二十出頭的賀一龍已為福字頭效命，直接隸屬龍頭大哥。

「沒大沒細的傢伙……是鬣狗哥！」老羞成怒的鬣狗隨手抽出鐵鎚便飛擲過去。

「你把事情鬧得太大了，老大不打算出面支援。」不慌不忙、不閃不躲，鐵鎚飛過賀一龍的面龐陷入牆身。

「不幫就不幫……在拿下信義社之前我是不會回去的。」鬣狗不是要打擊對手，而是要把它徹底吞併。

「到我回去的時候……老大也該好好把位置留給我。」殲滅信義社這功績，絕對足夠讓鬣狗贏得龍頭寶座。

賀一龍轉身就走，他不是鬣狗的人，也沒有打算參與競爭，騎上鐵馬就此離開。幾輛小型貨車在對線快速駛過，賀一龍沒有留意到將會成為他畢生宿敵的男人，剛好和他擦肩而過。

Φ人Φ

麻雀館內，鬣狗的人馬以為信義社的人今晚也不會有所行動，寧少的出現超出他們預料，能對付瘋子的往往只有同樣瘋狂的人。

「鬣狗在哪？」寧少踢破館門，他的目標只有一個。

五十人說多不多，但鬣狗沒想到自己的幫會竟不會派人支援。唐福老謀深算，絕不會在此時此刻表態，若洪爺死了，信義社四分五裂，這是福字頭的功；反過來說信義社定必捲土重來，這便是鬣狗一人闖的禍，福字頭的人馬要用來保護自己的地盤。

雙方大打出手，擅戰的五十個打手剎那間已奪回失地，這些人在往後的日子成為了追隨寧少的兄弟班。年輕熱血、敢作敢為，為寧少打贏一場又一場硬仗。

「不想說也沒所謂，我會慢慢讓你後悔自己說得太遲。」崔宇恐嚇著說。

「金樓！鬣狗在金樓！」不講武德的鬣狗手下沒忠誠可言。

寧少和崔宇誓要手刃仇人，哪怕要背上殺人犯的罪名也要鬣狗血債血償。

「鬣狗哥！信義社的人殺回來了！」發起偷襲的人反遭突擊，以為大獲全勝而鬆懈的福字頭人馬快要全軍覆沒。

「什麼？」還未享受夠勝利的喜悅，鬣狗已死到臨頭，他還不知道自己到底看漏了什麼。

「是你嗎？殺死了霞姨的人？」寧少已衝破夜總會房門，赤手空拳扳倒守在門外的人。

「中學生在找媽媽？我今天真的嗑太多了吧？」鬣狗拔出鐵鎚把玩，房內的陪酒女郎雞飛狗走。

「殺了你！」寧少揮拳猛攻，輕挑的鬣狗誇張地左閃右避。

也不知道鬣狗是仗著手中武器的優勢，還是毒品真的太上頭，一臉瘋癲的他流著口水，迎面撞向寧少的拳頭。

「我想起來了……洪老鬼有個養子，就是你吧？我不是派人把他分屍了嗎？為什麼會在這裡的？」鬣狗挨上拳頭，同時還以鎚擊。

鐵鎚打在寧少肋骨上痛入心脾，但他還是咬緊牙關和鬣狗繼續搏鬥，直至頭顱再吃上一鎚，寧少差點就倒地不起。

「不要緊，我送你們一家團聚。」鬣狗高舉鐵鎚，初出茅廬的寧少有優秀的本能，可惜經驗尚淺。

「你不知道的是……霞姨的養子，還有一個。」崔宇從後出現，一刀刺入鬣狗的腰背。

就算當日崔宇拒絕了霞姨，但他和寧少一樣早已把她當成親生母親，經歷喪親之痛的不只寧少，崔宇也是一模一樣。

「還有一個……小鬼？」鬣狗大失預算，身後持刀刺傷他的也同樣是個中學生。

「把刀給我，為這件事坐監的不應該是你。」寧少想搶去崔宇手上的刀，補上致命一擊。

「不，由我來動手就好。」崔宇和寧少感受著相同的痛，誰去負上刑事責任，他們根本不在乎。

兩人爭奪手上的刀之際，鬣狗趁機撞開兩人拼命逃走。

「混蛋……休想逃！」寧少和崔宇窮追不捨，鬣狗大勢已去，他們心想只要不讓鬣狗逃回九龍東他便必死無疑，但這裝瘋賣傻的鬣狗比他們想像的更精明。

罪名總要有人背負，福字頭明顯不會為他惹禍上身，就算躲到天腳底信義社也不會放棄，唯一的活路是他平生最討厭的地方。

「鬣狗！你給我站住！」一直從後追趕的寧少察覺不妥，鬣狗沒有向東逃跑，而是跑入油麻地警署。

「哈哈……這一次是我輸了，是我看漏了你們。」鬣狗停在警署面前，這裡就是唯一能保他活命的地方。

「你們這兩個小鬼真夠狠，我差點以為自己真的會被你們幹掉……我欣賞你們！」鬣狗囂張地笑著。

「有種便給我過來，欠債還錢，血債血償，這是天經地義的事。」寧少不顧後果，只想撕碎眼前人的歪嘴。

「你搞錯了……殺人不應該填命，而是去監獄呀。我現在很後悔，很愧疚我殺了人呀，哈哈哈哈！」鬣狗知道寧少已奈何不了他，他的叫囂已驚動警署內的執法人員。

「阿sir我是來自首的，我殺了他們的老母現在很後悔，很後悔那時沒多捅她幾刀……哈哈哈哈！」鬣狗直到被鎖上手銬前的最後一刻也在挑釁寧少和崔宇，這可恨的嘴臉叫他們刻骨銘心。

最終，寧少和崔宇只能眼白白看著仇人被帶進警署，他們今天從中學階段畢業了，也和平凡人生道別了，他們染指了幫會的事，也成為了幫會的人。

信義社和福字頭長達八年的鬥爭正式揭開序幕，寧少和崔宇的人生迎來巨變，他們曾經幻想成年後的生活全部化成泡沫，餘下的只有流血流淚的日子。

落幕・開幕

洪爺和信義社的一眾成員康復出院後為秋霞和其他死難者舉辦了盛大的葬禮，福字頭把一切責任推卸在任意妄為的鬣狗身上，但洪爺當然不會賣帳，是他們挑起戰爭在先，信義社絕不退讓，否則威信全無的信義社還能憑什麼統領九龍西。

寧少和崔宇當機立斷，在形勢變得更壞前修復失地，還在這段時間掃蕩了幾個福字頭的地盤，受到幫會骨幹成員認同和欣賞，但他們還漏了一件重要事未做。

「阿寧、崔宇，今日在這裡拜過關公，從今以後就是信義社的兄弟。」洪爺早已認為寧少是注定走上極道的人，持相反意見的妻子不在，一切變得更順理成章。

「為什麼要拜關公？」寧少讀過誓詞，燒了黃紙後問。

「在道上打滾有為有所不為，如果不講道義，我們就只是一群烏合之眾。」洪爺管治下的信義社，不是單純的暴力犯罪組織，他有自己的原則和底線。

秋霞死於鬣狗的瘋狂，但真正起因是九龍東和西的權力鬥爭，福字頭一日不除，同類型的事件難保會再次發生，寧少之所以加入幫會，是因為他已失去了霞姨，不想連霞姨深愛的洪爺也失去。

往後的八年時間，寧少和崔宇為幫會對抗福字頭，寧少以武為先參與每一場戰役，崔宇一邊進修一邊協助幫會的法律和會計事務，兩人在不同的崗位打拼，地位逐漸提升，但無論如何，他們每週日的早上也會到元朗聚頭。

「再來！」要結束和福字頭的鬥爭，寧少自知自己還不夠強大，特別是面對九龍東的惡龍——賀一龍，他感到束手無策。

所以他拜訪了一位隱世高人，已退出江湖不問世事的傳奇打手——浪哥。

「你們阻住我做生意啊……」死纏爛打的寧少和崔宇令浪哥沒其他辦法，只好每週陪他們玩玩。

「想我們不阻住你，就快點讓我們變得和你一樣能打！」每次也被揍得口腫面腫的寧少，實力在每週的持續鍛煉中，一點點提升。

「不，直接打暈你們更有效率。」浪哥現在在元朗經營士多，每天賣著腸粉小食，樂得清閒。

「大叔，為什麼這兩個哥哥每週都千里迢迢來挨揍？」曾獲浪哥救回性命的小女生——小花，是這士多的常客。

「妹頭，因為他們是變態，喜歡被人虐待，你要小心這些變態小子。」浪哥和小花感情深厚，欺負小花的人下場比死更難受。

八年時間風雨不改，寧少和崔宇看著小花從小學生長成亭亭玉立，兩人也由蠻拳亂揮的小伙子變得獨當一面。

「繼續！」寧少和浪哥的較量變得能有來有往。

「不錯呢……已經能撐超過十五分鐘了。」但浪哥還是留有餘力，一技過肩摔結束比試。

「這樣下去……就算十五年後我們也打不過浪哥吧？」寧少從多場硬仗中取得勝利，只有賀一龍能和他打至平分秋色。

「你們打算繼續多煩我十五年嗎？」而九龍東西的緊張局面也迎來改變。

持續八年的互相侵略對雙方也造成人力財力的嚴重損傷，福字頭不想再無止境消耗下去，相約洪爺到「龍城共聚」提出停戰協議，兩個幫會從此互不侵犯，以和為貴。

「我們還未分出勝負，你不覺得有點可惜嗎？」中菜館外，寧少和賀一龍在外抽著香煙，兩人每次見面也是生死相搏，這樣心平氣和並肩而站是第一次。

「未分勝負的只有一兩次，你別得戚。」賀一龍和寧少同是年輕新一代，特別惺惺相惜。

「要不我們在這裡再打一場，不然我怕你以後沒有機會找我算帳。」寧少在這時候已萌生退隱之心。

「這裡可是九龍城，而且我從不打無意義的架。」賀一龍踩熄煙蒂，兩幫的話事人最終談妥停戰的條件，結束漫長的鬥爭。

「這東西送給你留念吧。」寧少把長伴他在戰場上打碎過無數骨頭的一對黑色鐵指環交到駕一龍手上。

「為什麼？你不打了嗎？」賀一龍知道這意味著什麼。

「已經打夠了。」無論是和賀一龍還是為了幫會，寧少也決定放下爭鬥了。

信義社和福字頭的戰爭正式落幕，寧少繼續留在幫會的理由也不存在了，他花了八年的光陰完成這目標，好讓霞姨泉下有知能夠好好安息，而他也是時候走自己的路，尋找自己的人生目標。

ΦㅅΦ

在貓 café 開業的這天，寧少前往拜祭養母的同時，是來向過去的自己道別，坐在崔宇的車上回到貓 café 門前，蘭已恭候多時，等待寧少進行最後的儀式。

「老闆，不快點的話，吉時要過了。」蘭指向店鋪上方的大紅布，貓 café 的招牌她

Meow Daddy

到現在還未親眼看過。

實現夢想的一刻總教人無比激動，雖然前路未明，又帶著和洪爺的賭約在身，但寧少還是充滿希望，乾脆瀟灑的扯下紅布，讓他那剛勁有力的親筆題字面世。

「Meow Daddy」正式開業。

開業難守業更難

「Meow Daddy」正式開始營業一段日子了，但除了寧少自得其樂外，崔宇和蘭都表現得十分擔憂。

「小賊，別跑啦，過來讓爸爸抱抱吧！」寧少保持著這可怕的笑容已經整整三週了。

首批進駐的十隻貓咪已適應新的生活環境，寧少也為牠們各自取了名字，被人類剪短了尾巴的小賊是隻「踏雪尋梅」的一歲男黑貓，除了四隻蹄爪皆為白色外，牠的小嘴毛髮也是白雪雪的，像帶著白色的煲呔。

「三週以來就只進過十枱客人……繼續下去不是辦法吧？」蘭剛開始重返社會，便面對失業危機。

「唔……你覺得問題出在哪裡？」崔宇盯著一點危機感也沒有的寧少。

「是招牌的問題嗎？那幾個毛筆字和這裡一點也不夾吧？」蘭覺得這老土的招牌嚇退了客人。

「那充其量也只是個小問題，最大問題在於這傢伙。」崔宇指著寧少說。

「橙皮有吃飽飽吧？肚子漲漲的，讓我摸一下好嗎？」崔宇已經習慣了寧少的笑容，所以一直不以為然，但落地玻璃外的客人並不是這樣。

橙皮是隻體型較大、身手不靈活的胖橘貓，牠的毛色橘白相間，肚子一大片白毛看似十分鬆軟，吸引寧少貪婪的手。貓 café 內的最大一面牆身安裝了大量木製貓跳板，橙皮常常在上面跳躍失敗，肚子撞在木板再掉落地上。

又一對女性行人在店外看似對貓 café 感興趣，但看到寧少笑著追貓的樣子後，便露出厭惡的表情急步離開。

「三杯雞！你的碗碗內還有很多糧啊，為什麼餘下這麼多啦？是哪裡不舒服嗎？」寧少總算得償所願，過上他夢想中被貓包圍的日子，雖然貓咪對他還是十分抗拒。

三杯雞是隻三色母貓，眼睛明亮脾氣難以捉摸。時而凶悍、時而撒嬌，令寧少又愛又恨。

「三杯雞……他到底是怎樣取名字的？飽飽、漲漲、碗碗，他失去了正常的語言能力嗎？」寧少自得其樂，但崔宇處於不安和焦躁之中，貓 café 的生意比他想像的更慘淡，但三個月的限期每分每秒在倒數。

「或者是宣傳不足的問題吧，如果在浪浪關注組內宣布浪爸開了自己的貓 café，我相信會有很多組員來光顧支持的。」蘭曾問過寧少，但遭寧少一口回絕，他不想暴露浪爸的廬山真面目。

「獸醫！你快看看三杯雞，牠好像生病了……」寧少表現得十分慌張。

「牠比你還要健康，是對著你壓力太大，才沒有食慾吧。」和寧少相反，貓咪們都願意親近蘭，陰晴不定的三杯雞會主動向她投懷送抱。

「那就太好了，孩子們都健健康康。」寧少提供了美好的環境給流浪貓們，牠們才不用再在街頭挨餓受凍。

「現在的情況對貓來說是太好了，對你來說卻不太好。」崔宇嚴肅地說。

「崔律師，此話何解呢？」寧少偶然會覺得崔宇很可怕，特別是談論到錢銀問題時。

「牠們吃的是最貴的貓糧，住的用的材料上乘，當然生活得好呀，但到現時為止我們只接待過十個客人，你叫我怎應付牠們的開支？」會計師崔宇的話有充分理據。

「哈哈……剛開業生意是會比較冷清的，你不用擔心呀，船到橋頭自然直，經營貓 café 最重要的是貓咪嘛……主子過得好，我們自然會過得好。」寧少拍拍崔宇的肩膀打算就此蒙混過去。

「我們只有三個月時間，恐怕船去到橋頭前，我們已經仆直了。」精明的崔宇撥開寧少的手，他可不會這麼容易受騙。

「那……你有什麼高見？」寧少畏縮著問。

「節衣縮食，從貓糧和貓砂開始。」崔宇嚴肅地說。

「萬萬不可！主子們一直都是吃皇冠牌罐罐，突然降低膳食質素的話，牠們會絕食抗議的！」寧少極力爭取，貓咪們只有在享用罐罐時才肯讓寧少一親芳澤。

「那就動用你在網絡上的號召力吧，俘虜五萬粉絲追蹤的『浪爸』，是時候讓他們實實際際以行動支持你了。」崔宇從手機打開寧少經營的群組說。

養兵千日，用在一時，崔宇相信現在就是用兵的最佳時機。

「這樣不太好吧……我一直拒絕和組友聚會，這時候召集大家，感覺像是在利用他們呢！」寧少一臉害羞的扭擰著說，他在網絡上的表現和現實世界判若兩人。

「別在我面前扭扭擰擰，開源還是節流？你現在給我選一個。」崔宇步步進逼。

「崔仔你不要逼我啦，人家真的需要時間考慮清楚呀。」寧少神情委婉。

「不，我要你現在就選。」崔宇不肯退讓。

在蘭的眼中就像是一對情人在她面前爭吵，強硬進攻的崔宇和欲拒還迎的寧少編織的愛情故事。

其實蘭是個有特殊喜好的人，對「男」上加「男」、迎「男」而上的故事特別鍾愛，她的奇異目光令兩男感到不寒而慄。

「嘻嘻……你們繼續吧，不用理會我的。」蘭一臉滿足地說。

在寧少和崔宇還未得出結論之際，大門上掛著的鈴噹突然發出聲響。

「歡迎光臨，今天也是一個人嗎？」蘭認得面前的女生，因為沒多少客人出現過，所以她已經儼然成為熟客。

「對呀……你們不用特別招呼我的，我一個人坐坐……看看貓咪就好。」女生帶著眼鏡和鴨嘴帽，穿著綠色格子襯衫和牛仔褲，背著背囊動作僵硬，她面對蘭的親切服務顯得很不自在。

女生和往常光顧時一樣坐在角落的位置，點了一杯泡沫咖啡後便拿出筆記本寫寫畫畫，低調得像個透明人一樣。

「崔宇你看，不是有忠實客戶出現了嗎？這證明我們 café 的環境舒適，服務週到呀。」寧少得戚地說。

「你別打算轉移視線，到底是減少開支還是在群組宣傳，你自己選擇吧。」崔宇目光停留在這位客人身人，目光銳利的他總覺得在哪裡和她有過一面之緣。

「崔公子，別怪我不事先聲明，本 café 禁止員工和客人之間搞男女關係。你的工作是泡咖啡，不是泡妹子。」崔宇異性緣十分強勁，過去被他俊美外表迷倒的女生多不勝數。信義社最大的夜總會，「金樓」內的女員工十之八九也是「崔宇俱樂部」的會員粉絲。

「吓？不可以搞『男女關係』嗎？」蘭暗指的是，難道可以搞男男關係？

「員工之間可以，如果蘭你對崔公子感興趣可以填申請表。」寧少想為蘭找個好歸宿。

「你們在工作時間可以認真一點，別胡說八道嗎？」崔宇懶得和寧少胡鬧，他反覆思考到底在哪裡見過這位客人。

敏鋭的崔宇的確沒有搞錯，這位如恐龍般稀有的回頭客的確不是尋常客人，而且不久之前她的確和崔宇擦身而過。

Meow 11

臥底

三週前，新紮師妹阿晴正式加入西九龍反黑組，她第一天上班就接到了重要的任務。

西九龍反黑組行動指揮室，三十多個警員在聽王 sir 的簡報。

「信義社核心成員，外號寧少的黑幫大哥近日有異常的舉動，我的線人指出信義社內部正進行權力鬥爭，偏偏在這關鍵時刻，信義社龍頭的養子在深水埗以個人名義創業，當中一定有不可告人的秘密。」反黑組組長王 sir 鎖定寧少為目標，上一次他沒法起訴寧少，這一次他志在必得。

「貓 café?」阿晴知道天上不會有餡餅掉落，突然升職加薪一定有背後原因。

「貓 café 肯定只是個煙幕，黑社會開咖啡廳怎會真的在賣咖啡？當中一定有更大的陰謀……一定在盤算什麼大買賣。」王 sir 太看得起寧少了，他真的只是在賣咖啡。

「阿晴你是新面孔，寧少和崔宇不會對你有所提防，所以由你偽裝成客人入內調查一定不會被發現，毫無疑問你是這計劃的最佳人選。」王 sir 決心要讓這位從警校畢業沒多久的新人進行臥底任務。

「王 sir……我初來乍到又雞手鴨腳，我只會壞大事的……你還是另覓他人吧！」阿晴腦海閃過警匪片中的片段，臥底大多數是沒有好下場的。

「若非事態緊急，我也不想派你進行這危險的任務，但我沒有其他選擇。九龍東第一幫會福字頭的人已和信義社的三大當家暗中會面……我不知道他們到底在密謀什麼，只知道短期內他們一定會有所動作。」簡報先後放出兩個幫會的人出入「龍城共聚」的相片。

「寧少和崔宇是信義社最核心的成員，他們一定知道答案……唯有在事情變得最惡劣前把他們押回來問個究竟，西九龍才能天下太平。」王 sir 視寧少和崔宇為眼中釘，在西九龍反黑任職多年的他和寧少有著深仇大恨。

王 sir 言語中盡是為社區著想、為民擔憂的好意，阿晴不好意思繼續推搪，唯有硬著頭皮去執行臥底任務，她所戴的眼鏡其實裝上了針孔攝錄鏡頭，是為拍下寧少的犯罪證據而準備。

所以阿晴先後兩次扮成客人潛入貓 café 進行調查，在調查得到成果之前，她的臥底生活還得繼續下去。

今天阿晴又在貓 café 坐了半天，一無所獲的她，愈來愈不知道自己在做什麼。

「為什麼工作盡是遇上不如意事的……」每當阿晴感受到生活壓力和氣餒的時候，都會查看「浪浪關注組」，希望從接收可愛貓咪的資料中被治癒。

「浪爸最近也沒有更新群組信息，他也一樣在為工作煩惱嗎？」阿晴總是對浪爸充滿幻想，覺得他會是和自己心靈相通的溫柔暖男。

「如果能親眼見浪爸一面就好了……」其實阿晴已經見過，更不只一面。

「啊！更新了！浪爸一定是聽到我的呼喚，我就知道我們之間有種特別的聯繫。」阿晴想得太多了。

「什麼？浪爸開了自己的貓 café ？」更新的內容令阿晴驚喜不已，但是驚還是喜，現在還言之尚早。

「慢著……這個地址，這個招牌……」相片上剛勁有力的毛筆字「Meow Daddy」阿晴十分熟悉。

「這不就是我今天去的貓 café 嘛！」浪爸所開的 café 正是阿晴在臥底調查的同一間，意味著她日思夜想的夢中情人近在咫尺。

但貓和老鼠又哪能談情說愛？阿晴是兵，浪爸是賊，這份愛情注定不能開花結果。

說到愛情，因為愛情而陷入煩惱、輾轉反側的女生，還有另一個。

〝ψ ㄨ ψ〞

「選擇吧，到底是我重要還是貓咪重要？」崔宇咄咄逼人，目光熾熱如火。

「你不要逼我啦……」寧少露出無可奈何的表情。

「今天你一定要説清楚，不説清楚今晚我絕不會放你走。」崔宇邊説邊解開襯衫的紐扣。

「手心是肉造，左手又是肉造，你叫我怎去選？」寧少不敢直視崔宇的目光。

「軟的你不受，那我只好來硬的了。」崔宇和寧少走得愈來愈近。

「硬的……到底有多硬？」接近得寧少呼出的熱空氣也馬上被崔宇吸入。

「要試試嗎？」崔宇張開嘴巴挑逗的説。

「嘩哈哈哈哈！你們這對真的很可以！」剛才的片段全是蘭畫的漫畫橋段。

蘭最近徹夜難眠，她的腦海充斥著寧少和崔宇的十八禁愛情動作故事，蘭知道自己若不把這些創意釋放出來，接下來的日子也難以有一覺睡得安穩。

「原來崔宇做攻擊的一方，比做防守的一方更合適……畢竟長得英俊做什麼也不會是錯的。」蘭已很久沒有執起畫筆，但這對男男組合實在太合她的胃口，不畫出來只會害她心癢癢。

「這麼優秀的素材，不好好展示給廣大的觀眾實在有違我的良心，令我心痛呀。」

蘭除了是兩隻主子的奴才外，還是位名副其實的腐女。她既沉迷BL小説，更是同人漫畫展的常客。

「糟糕了！快遲到了……白金、煤炭，我們要準備出門啦。」蘭所飼養的兩隻貓分別是雪白的布偶貓「白金」，和純黑的波斯貓「煤炭」。

白金和煤炭已經是十歲高齡，從嬰兒期開始就和蘭一起生活，十分聽從蘭的說話，自動自覺爬進攜帶式貓籠，而牠們也是 café 中最年長的兩位貓老大。

能回復正常人類該有的生活，有工作有愛好還有兩隻討人歡喜的貓，蘭很滿意現在的生活，可是這樣的生活到底能維持多久，卻是未知之數。

「不會的……不是真的。」阿晴一臉驚慌的站在 café 門前。

「啊！又是那位戴鴨嘴帽的女生，看來她對我們的店很滿意呢。」蘭還不知道她幸福的生活像玻璃般脆弱，一摔即破。

「滿意了嗎？你要我做的我都做好了。」寧少已在群組內廣發邀請，希望組員到場支持。在貓咪的膳食和自己之間選一個，寧少選擇犧牲自己。

「那是你應該做的事，不然你花那麼多時間管理什麼『浪浪關注組』是為了得到什麼？」崔宇和寧少的對話全被門外的阿晴聽到了。

蘭因為這間貓 café 而重獲新生，阿晴卻因為它而夢想幻滅，世事就是這麼諷刺，有人歡喜自然亦會有人愁。

Meow 12

再見我的初戀

「不是的……不會是真的……我的浪爸不會是黑社會大哥來的。」阿晴如常坐在 café 的角落位置，受到真相衝擊的阿晴，目光呆滯不停喃喃自語。

「我那個溫柔感性，而且充滿陽光氣息……字裡行間都洋溢著愛與和平的浪爸……」阿晴掃視群組中浪爸過去所發的貼文，再看看正在被貓兒無視仍能保持讓人毛骨悚然的笑容的寧少。

「餃子，過來追我吖！」寧少很想嘗試走到哪裡也被貓跟著的滋味，但 café 內的貓咪，除了白金和煤炭比較賞臉會敷衍他一會兒外，其他都會像尊佛像一樣，動也不動。

餃子是隻異國短毛摺耳貓，因為基因缺陷兩耳都是下垂摺疊，寧少覺得這就像兩隻包好的餃子。

「我的初戀……我的青春……全都沒了。」阿晴的初戀在開始前已經結束，寧少和她幻想中的浪爸除了性別外，沒有相同的地方。

「不，這一定是夢來的，只要從夢裡醒來，一切也能回到正軌。」阿晴額頭撞在桌子上，幾次撞擊也沒有成效，只有令她前額長了個大包。

「喵？」而阿晴奇特的動作引來了貓咪們的關注，這令羨慕不已的寧少有樣學樣。

「你嫌自己智商未夠低嗎？別在店內做些引人注目的蠢事。」崔宇親自端出咖啡到阿晴的餐桌上，一般而言他只會放在水吧枱讓寧少奉上。

「你的泡沫咖啡。」但崔宇對阿晴特別在意，想再近距離觀察一下，因為他還未想到在哪裡和她見過面。

「謝……謝謝。」阿晴提起精神，端正坐好。提醒自己執行臥底任務期間，不應想著兒女私情。

「如果浪爸是崔宇還好……起碼外觀端正，不像那個笑得十足變態佬般的寧少。」阿晴捧起咖啡邊呷邊輕聲低喃。

「什麼？」崔宇問。

「沒、沒什麼……你泡的咖啡很好喝！」阿晴強顏歡笑的說。

「是嗎？」但崔宇今天刻意把咖啡泡得又鹹又苦，想測試一下這客人是否真的為喝咖啡而來。

開業至今café內還未出現過帶寵物來看病的客人，游手好閒的蘭大腦並沒有閒著，她站在一旁構思著BL漫畫的情節，外表冰冷實際上熱血沸騰。

貓café內除了寧少以外，眾人各懷鬼胎，隱藏著不可告人的秘密。

「Meow Daddy」要活超過三個月，現在還是機會渺茫，而扭轉敗局的關鍵在於本週末的特別包場活動。

「浪爸與你全接觸！」這將會是貓café舉辦的首個活動，看能否透過這活動增加客源；但不想寧少繼續經營貓café的人，亦在暗中開始了行動。

ФㅅФ

接下來的兩天，阿晴也對貓café進行緊密調查，夢想幻滅的她開始對微小的事情變得十分敏感。

「這批新貨品質上乘，試過的客人全部讚不絕口，若不是寧少你開口，我打算留給自己慢慢享受的……你要的話，我八五折讓給你！」帶著墨鏡和草帽的大叔在阿晴眼中形跡可疑，他把一包物件鬼鬼祟祟的交到寧少手上。

「AA+！」寧少拆開包裝把一小撮像乾草的東西又舔又聞。

「這貨果真特別新鮮，你有多少？我全部都要！」寧少滿意的說。

「識貨，我週末把貨送過來。」草帽大叔對完成這買賣也十分滿足。

「竟然在光天化日之下進行毒品買賣……王 sir 果然說得無錯，這寧少是人渣中的人渣。」阿晴忍耐著，她需要在他們進行交易時人贓俱獲。

當你看一個人不順眼時，覺得對方不對勁的地方便會愈來愈多。

「寧少，偷偷告訴你，我手上剛到了個妙齡少女，金髮碧眼，而且是混血兒來的！」又一個可疑人物來到貓 café 接觸寧少，這個身形壯碩的大漢滿臉鬍鬚，阿晴從他的言論推斷他是個猥瑣的男人。

「混血少女？架勢！我真的未試過！」寧少誇張的反應更令阿晴大失所望，她心目中的浪爸已成泡影。

「那丫頭很聽話的，保證你愛不釋手！廢話我不多說了，來看看這相片……我正在找買家，你有沒有興趣？」鬍鬚佬秀出手機上的相片，寧少看著快要流出口水。

「有的話，我週末帶她來和你見面，事先聲明，這妹子很搶手的呀！」鬍鬚佬成功吸引到寧少，寧少的眼珠已難以從屏幕離開。

「販賣未成年少女……這兩個混蛋實在罪無可恕！」阿晴目露凶光，嚇得小賊和三杯雞也遠離她。

阿晴決定大義滅親，她的浪爸只是個假象，只是用來欺騙無知少女的幻影，她純真的心靈受創並不是最重要，最重要的是阻止眼前的魔頭繼續為非作歹，塗炭生靈。

「王 sir，我已找到行動的最佳時機了。」阿晴走到附近唐樓的一個天台上，她覺得天台和臥底任務特別相襯。

「這週末……目標人物會在 café 內進行買賣，到時候你帶隊前來，一定能人贓俱獲。」阿晴狠下心腸，其實眼淚還在她的心裡流淌，畢竟她從學生時代到踏入社會也一直留意「浪浪關注組」，在網絡上和浪爸有過不少溫暖的對話。

「再見了，我的初戀，我的浪爸。」阿晴對過去作出道別，這也是成長必經的一個階段。

φ ㅅ φ

深夜裡的金樓才是客似雲來的黃金時間，崔宇在最大的一間貴賓房內，他是被金樓的負責人叫來，為金樓整理帳目。

「白天要幫寧少打理貓 café，夜晚還要替幫會管數，真的太辛苦你了。」金樓負責人——天芯姐留著長而捲曲的棕髮，年齡不過三十中的她正值女人味最濃烈的時光。

「受人錢財替人消災，沒什麼好抱怨的。」崔宇的工作能力和態度深受幫會高層欣賞愛戴。

「洪爺的葫蘆裡到底在賣什麼藥？寧少不會真的打算一直混在貓 café 吧？」天芯

姐想要試探崔宇，為期三個月的賭約是洪爺和寧少間的秘密。

「我只是個打工仔，高層之間的事我無可奉告。」崔宇聽出天芯姐的弦外之音。

「崔宇啊，你這樣想就不對了，在我心目中你從來不只是個打工仔，姐姐我是站在你那邊的。」天芯姐坐到崔宇身旁，眼神嫵媚身體慢慢靠近。

「信義社哪有分你那邊和我這邊，大家都不過是為幫會辦事。」這樣的招數天芯姐屢試不爽，崔宇的鐵壁防禦卻牢不可破。

「我們認識這麼久了，我便不轉彎抹角……你和寧少突然跑去開貓 café，你知道一直跟隨你們的兄弟是怎樣想的嗎？他們現在幹什麼你又知道嗎？」當日金樓被鬣狗佔領時，天芯姐還只是普通的陪酒女郎，在她差點被鬣狗強行玷污時，是寧少和崔宇及時出現。

從背後刺鬣狗的崔宇，是天芯姐的黑騎士。

「大家也是成年人，自己的路自己會安排吧？」崔宇一直認為現在不過是過渡時期，以現時貓 café 的生意，怎看也不像能在三個月內轉虧為盈。

「他們有很多是為了追隨你們才一直為幫會賣命的，在他們眼中……你們的行為和背叛了他們沒有分別。現在那幫兄弟大多數被三大當家收歸麾下，你也知道那三個老屎忽有多希望你們就此消失吧？」天芯姐不希望她的黑騎士有什麼差池，被背叛的人什麼也做得出來。

「謝謝你的忠告，我會抽時間處理一下的。」崔宇也覺得天芯姐言之有理，這陣子為了開業的事疲於奔命，他和寧少的確疏於防範。

「記著，我是站在你那邊的……是你那邊，不是寧少那邊。」天芯姐的魔爪正伸向崔宇的大腿。

「謝謝天芯姐。」崔宇握住天芯姐的手化解她的陰謀。

「大姐！又是那枱客人對姐妹們毛手毛腳，再這樣下去我要辭職了！」年輕貌美的服務員一臉怒氣推門而入，她的絲襪被客人強行扯破。

「唉……那班爛人恃著自己有一官半職便有恃無恐，當正這裡是他們的後宮花園。」作為九龍西頂級夜總會，自然會有不少達官貴人光顧，但他們都是令天芯姐特別頭痛的客人。

「是哪一枱客人？」崔宇最擅長對付這種客人。

「金樓的事就交給我處理吧，擔心我的話……就在這裡等我一下，然後送我回你的家好嗎？」天芯姐反握崔宇的手，薑還是老的比較辣。

「大姐！你又對崔王子下手，他是屬於大家的！」金樓的女員工都十分愛慕崔宇，更把他視為王子並建立了「崔宇俱樂部」這神秘組織。

「我明天一早還有工作要做，先走了。」崔宇的金剛不壞之身從未被金樓姐妹團打破，在「崔宇俱樂部」中盛傳，誰能攻陷崔宇的肉身便能得到五萬獎金。

「崔宇這傢伙……難道傳聞是真的？」在金樓內有關崔宇的傳聞還有很多，其中的一個女士們都很想知道是真是假。

傳聞崔宇不喜歡女生，他喜歡的只有寧少一個。能成為密友大概總帶著愛，但做對好兄弟又如此相愛，金樓的姐妹們都大聲說「不該」。

D-day（上）

「Meow Daddy」舉辦首個活動的大日子終於來到，寧少、崔宇和蘭為此做足準備。

崔宇由清早開始炮製迎接賓客的食品，精緻的茶杯蛋糕、甜品小吃，排場有如高級酒店的自助下午茶餐，崔宇為了貓café，已鍛煉出能和酒店大廚比併的廚藝。

今天的客人多達五十人，全部都是「浪浪關注組」的忠實粉絲，除了為支持浪爸而來外，更多是想看看這位愛貓大使的廬山真面目。

「你們今天都要乖乖的接待客人，不然沒有零食吃呀。」蘭為了今天也特意訂購了多套寵物衣服，讓貓咪看起來全都像萌萌的咖啡服務員。

「寧少！這些又是什麼來的？」崔宇大發雷霆。

「這些……都是為了提高業績而購入的用具，你看看這些蘑菇小屋並排起來多可愛，主子們躺在裡面一定會萌死很多人的！」寧少對貓咪週邊用品本來已無法抗拒，café 開業後，網購所花費的金額更是屢創新高。

一套七個不同顏色的蘑菇貓屋並排出彩虹的色譜，但對貓咪來說這不會比包裝它們的紙皮箱吸引。貓咪都對紙皮箱有特別情意結，這令無數主子感到頭痛。

「牠們不進去的話，這些貓屋還有什麼意義？把紙皮箱塗上顏色可能更加實際……」崔宇無可奈何。寧少花錢在貓咪身上從不手軟，但又常常收不到成效，畢竟貓咪比女人心更難觸摸。

開支愈大，寧少和洪爺之間的賭局勝算愈低，能否扳回一城，今天的活動至關重要；如果能在群組客人中留下良好印象，未來兩個多月的業績很有可能以幾何級數提升。

除了貓 café 的員工們嚴陣以待外，西九龍反黑組警員亦已重兵戒備。

〝Φ人Φ〞

在「Meow Daddy」對面街的唐樓上，西九龍反黑組徵用了三樓的一個單位作為臨時指揮基地，王 sir 為了逮捕寧少茶飯不思，這次行動對他來說是期待已久的機會。

「各單位注意，這次行動必須人贓俱獲，我要這班黑社會餘生也在監獄中渡過。」是公務同時是私怨，王 sir 恨不得現在便衝進現場連開十槍，但他認為這下場對寧少還是太便宜。

粥鋪、報攤、街邊檔，便衣警員混雜在街坊平民之中，等候王 sir 的號令。

「阿晴，來，穿避彈衣。」王 sir 能獲得這次機會，全賴阿晴以身犯險進行臥底任務。

「王 sir……待會會有很多普通市民到 café，他們不會有危險吧？」將會光臨的客人全都是阿晴在群組結識的朋友，雖然從未在現實世界見面，但還是叫阿晴十分擔心。

「寧少他們只有三個人，我們人多勢眾，一定不會有問題的，你只要好好留意他們的一舉一動，不讓他們有機會掏出武器，我肯定不會有平民受傷。」至於寧少和崔宇會不會受傷，王 sir 就不敢擔保了。

阿晴擔心的不只有市民，café 裡的貓咪也是這次行動的受害者，萬一市民走避中弄傷貓咪，她會無比內疚。

「王 sir，目標地點開始出現客人。」接近午飯時間，約定前來貓 café 的客人開始到場。

「阿晴，你也開始行動吧，大家集中精神！留意所有可疑人物！」王 sir 磨拳擦掌，只等大魚上鉤。

阿晴深呼吸了一口氣，鎮定情緒慢慢走向貓咖啡，她是這次行動的核心人物，只要等她確認毒販和人口販子到場交易，便是通知王 sir 逮捕犯人的時候。

〃ФㅅФ〃

「這裡環境不錯啊，挺舒服的！」客人們陸續就座。

「貓貓們穿得好可愛啊！來讓我拍張照片嘛！」而群組成員以女性居多，這令寧少感覺十分不自在。

在江湖打滾的八年裡，寧少沒接觸過多少女人，飲酒應酬這些要出入夜總會的場合，他都交給崔宇處理。

「寧少你放鬆一點吧，大家都是你的支持者，不是來找你尋仇的。」蘭忙碌得氣喘不過來，崔宇專注在水吧的工作，而寧少卻閃閃縮縮不肯招呼客人。

「你想在三個月後關門大吉的話，就繼續這樣吧，我不會阻止你的。」崔宇知道只要稍微刺激，寧少一定不會坐以待斃。

這 café 是寧少的夢想，是他所盼望的未來，在這裡停下腳步的話，就只能回去血淋淋的戰場。

「崔宇你這口臭的壞傢伙，再說一句不吉利的說話，我便把你脫光光推到由女性堆積而成的火坑。」寧少終於打起精神振作起來。

「那就麻煩你好好工作，把咖啡端到客人的桌上吧。」崔宇冷冷一笑，他希望這會是個好的開始。

同一時間，阿晴也踏入了café，一想到自己身負重任她就開始手心冒汗。

「那人就是浪爸吧？真的好帥啊！和我想像中的一模一樣。」客人都在竊竊私語，討論多年來為流浪貓出心出力，那傳説中的浪爸。

「一想到一直以來在寂靜無人的深夜回應我的浪爸原來這麼帥氣，我便覺得很激動了！」但很明顯她們的想法和現實有一定的出入。

大家的目光都集中在正沖泡咖啡的崔宇身上，阿晴意識到她們跟自己一樣，曾對浪爸有著憧憬和幻想，浪爸所傷的少女心又豈止她一個。

「不好意思啊……今天我們有活動，只招待訂座了的群組客人。」蘭走到在站在原地的阿晴面前客氣地説。

「我也是群組的成員……」阿晴難掩心中的怒火，她和在場的少女都被欺騙了，這間café是黑幫成員用來掩飾不法買賣而經營的，她很想現在就高聲説出事實。

「原來如此！難道你一早知道這裡是浪爸開的店，所以經常來光顧嗎？」蘭十分驚訝，知道浪爸真正身份的應該只有她和崔宇。

「不……只是巧合罷了。」現在還不是時候，阿晴需要的時機還未到。

預約訂座的客人已全部到齊，但再有腳步聲從阿晴身後靠近，她知道時機已經到了，來者應該是毒販或人口販子其中之一。

「寧老闆，我把貨帶來了！」草帽墨鏡大叔如約到來，門外的手推車上堆疊著三大袋可疑物品。

「各單位準備，可疑人物一號出現！」王 sir 已蓄勢待發。

「啊……你們今天有活動嗎？早跟我說讓我多帶些日用品來賀一賀你嘛！」草帽墨鏡大叔笑著說。

「數還數，路還路嘛……我是不會佔你便宜的。」寧少拿出支票雙手奉上。

「是『肉球藥房』的老闆，Uncle 路飛啊！」這位打扮獨特的男人對資深貓奴來說並不陌生。

「肉球藥房」是廣獲好評的小店，經營多年，以獨特的採購眼光和價錢公道見稱，是養貓人士之間的海賊王。Uncle 路飛和浪爸早已透過網絡認識，但實際見面也是在 café 開業之後的事。

「肉球藥房？Uncle 路飛？」阿晴隱約記得有聽過這些名詞，轉身一看那些可疑貨品的確印著公司品牌在上面。

藏有毒品的包裝袋上，會印公司名字的？

「浪爸，你要的妹子我帶來了！」可疑人物二號，鬍鬚佬也終於出現，但他的身邊並沒有女士陪同。

「啊，小英短你真的超可愛，讓我看看這眼睛……水汪汪的，是害羞了吧？」英短，指的是英國短毛貓，性格隨和溫馴，十分受貓奴歡迎。

「是『黑鬍子義工團』的團長，人稱黑鬍子的貓義工啊！」支持以領養代替購買的貓奴都認識這位四十歲出頭的大漢，多百來他幫助了上百個主子找到合適的貓奴。

「義工團……貓義工？」阿晴喜歡貓，但只限於在網絡上關注和點讚，沒有真真正正飼養過貓咪。

又哪有販賣人口的交易，會在營業中的 café 進行？

「如果妹子是指母貓的話，外面的難道是貓草而不是大麻？」阿晴突破了自己的盲點，是她的偏見製造出一個又一個誤會。

「寧老闆……浪爸……原來那帥哥不是浪爸啊……」客人們也認清了現實，是她們的一廂情願導致自己的失望。

以貌取人，是人類的天性。

「阿晴，情況怎樣？可以拉人封艇了嗎？」兩個可疑人物已進場，王 sir 急不及待把他們一網打盡。

「不不不不！不是這樣的，不可以行動，是我搞錯了……」阿晴慌忙回應，她要阻止警方闖入 café，因為這會嚴重影響 café 的生意和大家對這裡的印象。

客人的態度轉變得極快，大家也害怕被捲入和黑幫有關的事件中，只要被知道是黑道中人，浪爸過去的努力可會全部白費。

「老大，你這樣對得起我們嗎？」帶頭的是跟隨寧少最久的發財，他的情緒十分激動。

「大家……」寧少無言以對，他的確沒有向他們交待自己的去向。

「你知道大家現在的日子過得有多難嗎？」發財怒火中燒，一手把桌子翻倒地上，嚇得貓咪們全都躲藏起來。

「發財，現在不是時候，我會再向大家解釋的。」崔宇想制止事態繼續惡化。

「二哥，你不是一早就知道，還瞞住我們了嗎？你叫我怎信你？」發財愈說愈激動，現場氣氛已不是寧少和崔宇能控制。

寧少可說是禍不單行，信義社成員的出現是警方始料不及的情況，加上阿晴遲遲未有回應，王 sir 已失去耐性，決定採取行動。

「警察！全部人舉高雙手，男左女右分成兩排！」王 sir 大軍壓境，全部警員也在持槍戒備。

「我們是西九龍反黑，現在懷疑你們在進行三合會活動和非法交易……」王 sir 的話寧少已聽不入耳，他表現得十分冷靜，因為他知道是自己理虧在先。

貓 café 的首次活動徹底搞砸了，不只令多年來支持浪爸的人留下惡劣的印象，大規模的圍捕行動更迅速在深水埗街坊間口耳相傳。

=ФㅅФ=

雖然活動日以非常意想不到地難堪的方式結束，但寧少和崔宇最終亦能全身而退。畢竟警方在店內沒有找到違禁品，也沒有未成年少女被進行買賣，有的只是一場誤會。

發財上門鬧事，毀壞他人財物也不獲追究，寧少心中有愧，自然沒有追究別人的資格，他滿懷心事的走出警署，身後的蘭和崔宇也不敢打擾。把貓 café 視作心肝寶貝的寧少今天算得上是人生數一數二糟糕的日子。

「時候不早了，你們直接下班吧。」寧少打破沉默。

「寧少……」蘭想安慰寧少但又不知怎樣開口，若非她和崔宇常常催逼寧少公開浪爸身份來帶旺貓 café 的生意，今日的慘劇未必會發生。

崔宇阻止蘭繼續說話，他知道寧少現在最需要的是獨處的時間。其實崔宇也十分自責，身為寧少的副手怎會粗心大意讓今日的事情發生，他明明有機會先處理好幫會兄弟的情緒和安排後路，卻錯失良機釀成大禍。

除了崔宇和蘭外，還有一個人也在承受內心的責備，那就是臥底警員阿晴。

「我到底有什麼是能做好的？」通州街公園內，阿晴坐在公園長凳上一臉呆滯的喝著啤酒。

先入為主、以貌取人，阿晴把寧少當成壞人，得知寧少就是浪爸後更抹殺浪爸多年的努力，一口咬定是黑道中人便不會是好人。

「我從一開始就不應該當什麼臥底，不……我根本不應該去考警察……」阿晴在警校受訓時曾多次想過放棄。

而今次行動以失敗告終，導致阿晴被王 sir 暫時停職，打草驚蛇加上一無所獲，王 sir 為逃避責任，把一切過失也推卸到新人身上。

「我以後……還有什麼資格留在浪浪關注組，有什麼資格說自己喜歡貓……」阿晴倒是沒有為工作的事而難過，她在意的，是這次行動讓她看清了自己。

原來我是會以貌取人、以偏概全的人，原來我對貓咪的愛只是留於口頭上和手機上。人類總是用藉口美化和掩飾自己的短處，但又刻意揭露並誇大別人的弱點，以保護自己為正當理由，傷害別人時卻心安理得。

「我還是早點重新投胎，才是對這世界有貢獻的事吧……」略有醉意的阿晴垂頭喪氣，沒有為意到公園內不只她一個人，而對方也沒有發現低頭蜷縮的阿晴。

「喵！」貓咪的尖叫聲劃破夜晚的寧靜，也吸引了阿晴的注意。

「今天的幸運兒就挑選你吧……看你生生猛猛的，我真想知道你能挨多少下。」男人西裝革履，手上卻握住套索和皮帶。

上次被寧少抓住的只不過是普通醉漢，虐待流浪貓的真正犯人一直逍遙法外，而這個犯人十分有耐性，總是待風聲變得不緊時才再次出沒。

「不可以……」阿晴想做一次對的事，特別是在受了這麼多打擊的今天。

男人興致勃勃地笑著，準備無情的揮動皮帶。

「變態佬！我抓到你了！」阿晴和犯人還有一段距離，但形勢危急，阿晴顧不了那麼多，只好飛撲上前抱住犯人右腳。

「哪裡來的瘋女人？放……放開我！」犯人以為自己已夠小心謹慎，突然撲出的阿晴的確嚇了他一跳。

「就算死我也不會放手的！人渣！垃圾！變態佬！」阿晴的警章、配槍和手銬被沒收中，她現在只是個普通市民。

「是你自找苦吃的！」阿晴咬緊牙根，她已有心理準備受皮肉之苦。

阿晴此刻只有一個信念，無論會有多痛也不能放手。只不過就算她已緊緊捉住犯人的腳，也阻擋不了他飛墮開去。

「天殺的社會敗類，總算被我找到你了……」寧少的上勾拳轟碎了犯人的下巴。

雖然寧少不是英雄而阿晴也不算美人，但這一幕還是深深震撼阿晴的心靈。

「小姐，麻煩你報警和叫救護車，我還要多揍這混蛋幾下。」這才是九龍西猛虎的真面目，那眼神和阿晴在貓 café 所見的判若兩人。

而從犯人身上傳出的悲鳴和打擊聲更加震撼，教阿晴不敢直視。

的營業額幾乎全是從阿晴的荷包裡得來的。

「那就……有勞了。」思前想後，阿晴覺得這或許是個機會，是讓她向寧少坦白和道歉的良機。

"ዋ ㅅ ዋ"

雖然現在已是夜深，但貓 café 內的貓咪還是十分精神，主子們在白天玩飽就睡，奴才們熟睡時牠們就開起派對。

「喵……」橙皮和小賊特別敏感，寧少和阿晴一進門，牠們就走到阿晴腳邊磨蹭。

「我呢？不歡迎我嗎？」寧少伸手想抱，兩位主子如常冷漠地退開。

「嘩……你們真的一點面子也不留給我呢。」寧少身為老闆，可是員工之中最不受貓咪歡迎的一個。

「對了，我還未請教你的名字。」會保護貓咪的人，寧少都願意和他交朋友。

「晴……阿晴。」剛才形勢緊急，阿晴才不覺得疼痛，現在冷靜下來她才發現膝蓋上灼熱的痛楚有多難耐。

「我是這裡的老闆，你叫我寧少就可以了，蘭的房間應該有急救用品，你稍等一下。」寧少急急腳的走開。

同樣的環境，在心境不同的時候能看到不同的景象。阿晴現在看這café的環境，比過去這段時間都要舒適順眼。

「陰公囉……你的尾巴被剪掉了嗎？」阿晴不是第一次和小賊接觸，但她現在才真正看清小賊的模樣。

「慢著……你不是……原本就住在通州街公園的浪浪嗎？」阿晴環顧四週，發現當中的貓咪有不少是她熟悉的面孔。

阿晴忽然想起自己好像曾見過寧少一面，但又想不起當時的情景。

「要你久等了，會有點痛的……你忍忍啊。」寧少抱著急救箱步出蘭的房間，沒有多餘的手去關房門，這樣阿晴看見房內地板上一件顯眼的東西。

破爛不堪草綠色的睡袋，寧少把它放在店內，方便他在這裡過夜時使用。

「原來……是你。」阿晴凝望著寧少，她第一次和眼前人碰面，也是為捉拿虐貓的嫌疑犯而在公園偶遇，那時她被突然出現的青瓜人嚇了一跳，沒有看清他的面孔。

「什麼是我？」寧少拿出消毒藥水和棉花，對於當日的一面之緣他早已忘記得一乾二淨。

「痛！」阿晴不知道寧少是個不懂憐香惜玉的傢伙。

「抱歉！我輕力一點……」寧少在阿晴的傷口上輕輕呼氣。

就算是黑幫，寧少也是不折不扣的浪爸，他對浪浪的關愛是真誠，他過去的付出亦無花無假，他沒有欺騙過網民，只是沒有披露自己容易惹人懷疑的身份。

「是浪爸啊……」除了對外貌進行過度幻想而與現實不符外，寧少和阿晴認識多年的浪爸是一模一樣的。

「啊，是我呀，令你很失望吧？」寧少細心地為阿晴包紮傷口。

「不，是你才好。」阿晴情不自禁地，真心話脫口而出。浪爸就是這樣為貓咪盡心盡力、奮不顧身的人，就算身份如何也不會改變這事實。

「好，已經包紮好了。記得傷口不要沾水，紗布濕了要換新的啊。」面對愛貓人士，寧少感覺特別舒坦。

「謝……謝謝你！」阿晴目不轉睛的看著寧少，差點被他發現。

「你住在附近嗎？不如我送你回家吧？」現在已是凌晨時分，加上阿晴是尊貴客戶，所以寧少打算提供售後服務。

「不用了……我自己回去就可以了。」阿晴從未試過被男性這麼親切的對待，心跳聲快得她自己也能聽到。

「但是你在公園時還喝過酒吧？真的沒問題嗎？」寧少的臉正靠向阿晴，他慣了用自己的鼻子測量崔宇喝酒後身體的酒精含量。

「真的不用了！我先告辭了！」阿晴面紅耳赤，寧少若再靠近她可能會把持不住，於是猛力推開寧少，匆忙逃離案發現場。

「喵！」阿晴不只嚇到寧少，還嚇到貓 café 一眾主子。

這一天對阿晴來說可謂十分漫長，對寧少的印象有了一百八十度轉變，但「浪浪關注組」的成員因為她已誤會了寧少，這誤會足以毀掉寧少的夢想，所以阿晴匆忙回家，她要在破壞蔓延開去前儘快修復。

鍵盤戰士

網絡平台上的言論是十分自由的，但過度自由令人很容易變得不負責任，甚至把這當成宣洩自己負面情緒的出口。更可怕的是人們接收了錯誤的資訊後，他們沒有多大興趣去分辨真假，就繼續推波助瀾幫助發酵。

意識到形勢危急必須儘早解決的，除了阿晴外，還有「Meow Daddy」的御用獸醫——蘭。

「為了保住你們的罐罐和我的飯碗，這一仗許勝不許敗……」蘭梳洗過後換了一身舒適的運動服，束起噴泉髮髻戴上眼鏡，準備通宵作戰。

這才是蘭最真實的樣子，而群組會員名稱「每天一點腐能量」就充分表現出她腐女的一面。

「煤炭你別再碰我的滑鼠，白金你也別再坐在我的鍵盤上……不然我們會流落街頭的。」貓奴在家想認真工作，須要先過主子這關。

「很好……讓我馬上看看情況有多惡劣。」煤炭和白金也是老將了，牠們十分識趣讓出位置，默默攤在手提電腦兩側，而蘭亦進入戰場——

一個只有關注組活躍成員、但沒有浪爸在內的 WhatsApp 群組：「浪爸粉絲群」，她們開這 WhatsApp 群組的主要目的，是用來分享對浪爸的幻想和說別人的八卦事項。今日她們一睹浪爸真面目後，群組的信息已在瞬間超過一千。

「今天真的超恐怖！我還以為要死了！」

「原來是黑店來的，以後不會再去。」

「我的王子不是這樣的……把青春還給我。」

「不過叫崔宇的男生很帥啊，如果他是浪爸，就算是黑社會我也無所謂。」

同類型的信息一個接一個，但這些都不是蘭在找的突破口。

「是這個了……」蘭要找一個適合她發聲的位置。

「那個女服務員是我們群組中人吧？她明知浪爸是黑社會也不告訴大家，是收了他的錢嗎？」針對蘭的信息才是她最適合入場的位置。

蘭以狂風暴雨般的速度在鍵盤輸入文字，要解釋事情的來龍去脈起碼要五千字以上，以文字攻勢轟炸敵軍的手機。

蘭指出問題的核心，是黑社會又如何？浪爸有傷害過大家？有騙過大家一分一毫嗎？執法者就等於是好人，不會含血噴人嗎？

道理大家是明白的，只是大家對浪爸在心目中有了預設的形象，事與願違後她們想怪罪別人欺騙自己，站在受害者一方來尋求安慰。

「大家真的誤會浪爸了，他其實是個很溫柔，很英勇的人。」

蘭瞪大眼睛，她以為自己只能孤軍作戰，沒想過在這裡會有援軍突然出現。

阿晴回到家後也開始加入鍵盤戰爭，她把捉拿虐貓犯人的事交代到群組上，更重要的是她發揮了領頭作用。

「我也和大家一樣，當知道浪爸是黑社會後覺得自己受到欺騙，但其實他從來沒有欺騙過大家，他為貓咪的付出也沒有任何虛假。」帳號名為「肉球新娘」的成員加入戰團。

只要有第一個承認錯誤的人，就會有第二、第三個人開始反省，就算她們不能在一個晚上改變，但起碼阿晴讓大家停止單方面的宣洩，慢慢去思考。

「寧少這傢伙……是什麼時候哄得這妹子貼貼服服的？」能做的事情已經做了，蘭望向窗外，晨光初起驅散黑暗。

「煤炭、白金，過來親媽媽一下，媽媽為你們挨通宵了啊……」蘭無力的扒在桌上，稍稍補充睡眠後便要迎接新一天的工作。

〃ФㄨФ〃

清晨六點的拳館，已有人在進行晨間訓練。他們紀律嚴明，和一般小混混差天共地。因為他們都是跟隨寧少多年的打手，寧少要求他們身心都要保持得像劍般鋒利，隨時隨地也能上陣殺敵。

這裡曾是寧少的第二個家，黃金時代的五十打手就是以這裡作為大本營，就算寧少離開了，他們也保留著每天晨練的習慣。

兩個男人不約而同，仰望著工廈上那拳館的殘舊招牌，那是滿載兩人回憶的地方，但也是阻礙他們走向未來的地方。

「戒煙吧，貓咪對煙味很敏感的。」寧少說。

「你看見這裡有貓咪嗎？」崔宇和寧少心有靈犀，知道有些事情必須解決。

寧少和崔宇欠了兄弟們一個交代，黑道本來就不是能說來就來、說走就走的地方。

「兄弟們，早呀！」寧少再次踏入拳館，從一開始的五十人，到發展成上百人的兄弟班，全部都是能打的好手。

「你們……還真敢在我們面前出現啊！」昨日未算的帳，遲早得算個一清二楚。

「我們趕時間，一起上吧。」崔宇束起衣袖，在會計師的立場，這筆債務還是愈早清愈好。

不想再動腦筋。

但「危機」二字，「危」是在「機」的前面，所以危難過後往往會出現意想不到的生機。

「啊！歡迎光臨！」蘭原本以為短時間內貓 café 不會再有客人。

「寧少！你受傷了！為什麼會這樣的？」阿晴緊張的靠近寧少，蘭和崔宇看到後立即意會到什麼。

人們面對「損失」都覺得特別深刻，特別懊惱，很容易忽略在「損失」的過程所得到的「收穫」。

「歡……歡迎光臨！」再有兩位客人步入貓 café，她們都是昨日被嚇跑的群組成員。

蘭和阿晴的付出是有效的，寧少需要的不是掩飾和洗白，而是把「Meow Daddy」的特質發揮得淋漓盡致。不想動腦筋的崔宇腦袋開始不受控的運轉，或者令貓 café 起死回生的靈藥，一直在他們身邊。

Meow 17

漸上軌道

「你到底當我是什麼？」崔宇一臉嚴肅地問。

「你不要逼我啦。」寧少別過臉去。

「講清楚，這樣下去誰也不會得到好結果。」崔宇握緊寧少的手腕，是強逼同時是挽留。

「我不知道呀，你給我一點時間想清楚可以嗎？」但寧少用力甩開了。

「給你一點時間……好讓你去和她開花結果嗎？」崔宇愈說愈激動，頸上的血管暴現。

沒錯，這又是蘭的同人BL漫畫作品，不過這一集多了一個重要角色。

「你們不要為我吵架啦……」阿晴得到以她為藍本的角色。

他和他的事情，進化成他和他和她的事情。

「選擇吧，要她還是要我，馬上説清楚。」崔宇心底其實不願放棄，但他無法接受這段關係有第三個人。

「就沒有能讓三個人也幸福的方法嗎？」寧少問。

「如果有的話，那還算是愛情嗎？」雖然角色多了，但主角還是崔宇和寧少，阿晴不過是蘭加入的調味料，讓基味更濃。

「天啊……能畫出這麼扣人心弦的作品，我是天才嗎？」蘭被自己的才能震驚了。

只要靈感來到，蘭就會通宵達旦去畫這個由崔宇和寧少為核心的 BL 愛情故事，不知不覺間作品已累積了二十多個篇章。

「不能只有我看到……但在網絡上發布若被他們發現，可能會被殺人滅口再棄屍荒野或石沉大海的……」身為一個獸醫，蘭的想像力實在太過豐富。

「啊！夠鐘上班了，是時候去找下一章的靈感了！煤炭、白金，要出門啦！」蘭的靈感來自於她的工作環境，所以她愈來愈喜歡上班。

日子一天一天過去，貓 café 的生意漸漸有了起色。群組成員有的永遠不能接受浪爸曾是黑道中人的事實，也有些覺得無傷大雅，甚至產生興趣。

更重要的是，雖然她們對浪爸的幻想已徹底粉碎，但現在她們有更明確、更實質的幻想對象。

「崔B真的好帥啊，現在的黑道也像韓國偶像般高大英俊嗎？」崔宇成為了在貓café內比貓更吸引的生招牌。

畢竟現在是豬肉佬稍為有點姿色也會有狂熱粉絲追捧的年代。

「他的皮膚好白滑啊……好想摸一下。」客人都不太注意聲量，而崔宇並不是聾的。

「好想養，或者被他養……」曾經天不怕地不怕的崔宇，現在每天也感到毛骨悚然。

「女士們，請記住這裡的員工是只可遠觀而不可褻玩的啊！」寧少通常會扮作保護員工作出警戒。

「寧少，崔B現在有女朋友嗎？他喜歡怎樣的女生？」女士們都知道寧少和她們其實是一伙的，寧少指一指餐牌，示意他接受賄賂。

「以我所知就沒有了，正確來說……我從未見崔宇和女生認真交往過。」寧少拿了一張椅子坐下分享。

「那男生呢？」蘭亦加入她們以套取情報。

「也沒有……逢場作戲的有過兩三個女生吧，好像都比崔宇年紀大的。」寧少說。

「崔B超壞！好喜歡壞壞的男生，就算被他狠狠拋棄也淒美啊！」這位女士的腦袋也壞掉了。

「原來喜歡年上女……剛巧我喜歡年下男呢！」這位也壞得七七八八。

「崔宇他喜歡的……會不會是寧少你？」這是阿晴最擔心的情況，從她並沒信心能贏過崔宇這一點來看，她也不是十分正常；而同一時間，蘭已翻開筆記本準備詳細記錄。

「坦白說……我也懷疑過。」寧少只是說說罷了。

「不可能！就算崔B喜歡男的，對象也肯定不是你。」客人對崔B的戀愛對象有很高要求。

「為什麼不可能是我？世界上有誰比我認識崔宇更深？有誰比我更有資格和崔宇步入教堂？我連崔宇身上有多少顆痣也一清二楚！」寧少不服輸的性格，總會表現在無關痛癢的事情上。

「其實我可以向你們提出訴訟的，這無疑是職場性騷擾的一種。」捧著咖啡和小食準備上菜的崔宇在寧少身後說。

「黑道律師，充滿知性美！好喜歡啊！」無論崔宇說什麼也阻擋不了粉絲的愛慕，就算崔宇現在放屁，大家也會說是花香撲鼻。

日子在一點一點變好，貓 café 終於迎來第一次客人領養貓咪的成功案例，能為主子找到奴才，是最令寧少滿足的事。

「猛男」是被遺棄在通州街公園的蘇格蘭摺耳貓，毛髮呈淺灰色。由於牠總是眉頭皺起，一臉嚴肅，所以寧少為牠取名為猛男，是個不易與人親近的硬漢。

但從今日開始，「猛男」將永遠失去「雄風」。

「你沒人性的！竟然要割掉猛男的蛋蛋，你叫猛男如何抬起頭做人？」寧少怒斥為這次手術執刀的主診醫生——蘭。

「這是領養者的要求呀，再者絕育對貓咪來說會更健康長壽，也不會有因不斷發情而發生的問題和疾病。」從醫學角度來說，獸醫大多數會建議對飼養的家貓進行絕育。

「你不是希望牠們長命百歲嗎？那就不要再大吵大鬧了。」崔宇冷淡的說。

「崔公子，絕育這麼健康你何不也去絕育！你也會發情呀，你發情時更為害人間呀！」不知道的話，還以為被強行絕育的是寧少。

「混你個帳……我今天便要替天行道，把你這髒嘴的牙拔個一乾二淨！」寧少總有辦法令冷靜的崔宇血壓急升。

猛男的蛋蛋最終被順利割掉，自此之後猛男的眉頭由皺起變成低垂，失去雄風的牠像個傷心的小傢伙，領養者倒是覺得這樣的猛男更加可愛。

「那傢伙又在幹什麼蠢事？」崔宇問蘭。

寧少一臉難過，默默地在做了幾小時的手作。

「他說要為猛男的蛋蛋做個墓碑。」蘭沒好氣地說。

「瘋子……」崔宇轉身回到廚房。

三個月的限期已過了一半，「Meow Daddy」的三位員工從未有過一天假日，這樣下去還未見到成績他們可能已累死，所以寧少請了一位兼職員工，寧少可算是看著她長大，而崔宇同樣把她視為妹妹。

「請多多指教！」束起馬尾的小花穿上制服圍裙，開朗的笑容令貓 café 多了春天的氣息。

隱居元朗的傳奇士多老闆——浪哥的契女，小花剛結束公開考試等待放榜，正在找尋兼職的她，剛好碰上寧少需要人手的時機。

「有很多工作要你分擔呢，你有心理準備了嗎？」崔宇輕撫小花頭顱説。

「我會付出和薪水相符的勞動力的！」小花比同齡的青少年成熟許多，畢竟她親身體驗過這社會鮮為人知的陰暗面。

「妹頭！快過來，我為你介紹我家的主子們。」人手多了，寧少感覺貓 café 變得更像樣，一切也在向好發展。

時間只餘下個半月，以目前營業額的增長速度來看，寧少恐怕凶多吉少；另一邊廂，信義社的三大當家當然不想寧少重返幫會，在和福字頭的核心成員見面後，有新的動靜。

Menu
Latte
Cappuccino
Macchiato
Mocha
Ristretto
Flat White
Affogato

Meow 18

休息日

貓café的員工們終於得到寶貴的假日，身為信義社的法律顧問和會計師，崔宇一直有在處理幫會業務，畢竟洪爺才是他真正的老闆，而洪爺從沒有想到和寧少的賭局會有輸的可能。

「終於肯來見我們了嗎？還以為崔律師你已不把我們放在眼內了。」豹面約了崔宇好一陣子也不獲理睬，今日三大當家齊集，是為了讓崔宇看看他們的新業務。

「怎會呢，不過是業務繁忙罷了。」崔宇知道他們不會罷休，而且他也想知道他們會在寧少背後搞什麼小動作。

「聽說寧少開了間咖啡廳，他真的不打算回幫會了嗎？」肥翁等幫會中人不知道賭約一事，這是洪爺和寧少之間的秘密協議。

「是有這麼一回事……但往後會不會有變卦我也不知道。」崔宇恨不得大聲告訴他們真相，然後叫他們每天派人來光顧，推高貓 café 的營業額，這樣寧少和三大當家也能得到想要的結果，達至雙贏局面。

「崔宇，我們很欣賞你的……你有學歷有知識，而且還很年輕，信義社最需要的就是你這種人才。」光頭搭著崔宇的肩膀，這令崔宇很不自在。

「信義社太守舊、太老化了……這樣跟不了時代的步伐，人是要進步的，生意也要跟得上變遷，像寧少這種動不動就打個你死我活的，能賺多少錢？能養活多少人？」豹面約崔宇來到油麻地一幢外觀老舊的唐樓。

「言下之意……三位打算開拓貼近現代潮流的新業務嗎？」崔宇不覺得這三個連 instagram 也未用過的老屎忽能有什麼新意。

「崔宇你果然醒目，我們不是打算開拓，而是已經在營運了。」這三個月是由三大當家作主的黃金時間，他們當然不會錯過創造業績、鞏固地位的機會。

老舊的唐樓其實內有乾坤，當中所有單位已翻新改造，三大當家帶崔宇隨便進入一間，並示意崔宇不要發出聲響。

「那麼今天的直播就差不多囉，大家要繼續支持小萌啊！Love you！」惡形惡相的男人在電腦鏡頭前擺著少女般的賣萌動作，一個又一個課金禮物送到他的帳戶。

男人是一名 vTuber，即是虛擬實況主，以虛擬人物的形象作為外殼，上載影片或直播以吸引瀏覽量。

「大佬，今天的目標已超額完成了！」男人是在幫會混了多年的收數佬，現在搖身一變成為新業務的金牌直播主之一。

「叻仔，多出來的錢你自己收好，買些好吃的好好獎勵自己！」肥翁滿意地說。

「這是……什麼回事？」崔宇不敢相信眼前的景象。

「這是新時代該有的營運方式。」豹面拉著崔宇到另一個房間。

房中四十歲有多的女性穿著小背心和真理褲一邊扭動身體、一邊推銷商品，熒幕另一端的網民留言、點讚、下單的速度快如閃電，在美顏程式的幫助下他們看見的明顯和崔宇看見的有天淵之別。反正「直播帶貨」的貨品也沒多少是真，直播主是假又有多出奇。

「稍……稍等一下……」強而有力的視覺衝擊和現實落差令崔宇感到嘔心想吐。

「少年你太年輕了，待你知道這段時間裡，我們賺了多少錢才吃驚還未遲。」光頭拍拍崔宇的背，這一次崔宇真的甘拜下風。

其他單位內還有不同的直播主在為幫會賺取盈利，吃播放送、遊戲直播、歌舞視頻、玩具開箱等等……一條完整的網絡產業鏈，就藏身在這幢其貌不揚的唐樓內。

「這確實令我意想不到……三位當家竟然這麼熟悉網絡生態。」崔宇不相信這是他們的主意，背後一定有高人在指點。

「做人當然要活到老學到老，你也要與時並進才不會被淘汰。」肥翁説得有理，但事實上這主意的確不是他們能想出來。

「別再跟寧少鬼混了，貓 café 能賺多少錢？不要浪費自己的才能，我們看好你的。」豹面要徹底孤立寧少，而崔宇，是寧少「擁有」的東西中最具價值的。

遊走法律的灰色地帶、賺取最大的利潤，是崔宇最擅長的事，但除了信義社外，九龍東的福字頭同樣有這種人才。

ミΦㅅΦミ

崔宇的假日用來巡視業務，寧少也是身不由己，被逼陪洪爺出海釣魚。自從賭約開始後，寧少便在外留宿，很少和洪爺見面，但就算意見不合，而且老是吵架，他們始終情同父子。

「別老是把我當成不孝子，你看我多有孝心，一有假期我便來陪你老人家了。」話雖如此，寧少正在盤算把漁獲全部帶回貓 café，用來製作美味的貓飯。

「自從秋霞過身後，我們很久沒有像現在這樣……」人老了，孤獨的感覺愈發強烈，寧少現在才發現洪爺不只白頭髮多了，臉上的皺紋也多了。

「有很久嗎？是你想多了吧。」寧少不願談論和養母有關的話題，對於錯過親口叫她母親這件事，是寧少無法彌補的遺憾。

「如果我可以退下來就好了……」洪爺裝出一副可憐的模樣，寂寞老人詭計多端。

「退休很危險的，很多老人家一退休就去了見耶穌，你生平又沒做過多少好事……應該會落地獄的。」寧少當然能聽出洪爺的弦外之音。

「你現在把我激死的話，信義社也是會由你繼承的，我早已叫崔宇幫我處理好遺囑。」薑還是老的辣，洪爺技高一籌。

「崔宇這反骨仔……那我只好祝你長命百歲啦。」寧少以虛偽的笑容笑著說。

「你真的情願一世留在貓café這種小湖泊，也不願繼承信義社這個大海嗎？」洪爺語氣認真。

「做人簡簡單單不好嗎？我現在每天做著我喜愛的事，活得自在又快樂。」寧少平和地說。

「但你在享受的簡單，是要有人犧牲才能換來的。」洪爺接著說。

「信義社帶來的不只是兄弟們三餐溫飽，還有整個九龍西的和平和秩序……如果這些將來會被毀掉，你也覺得無所謂嗎？」洪爺想寧少能放眼在大局上，他從小便教育寧少，個人的快樂在群體的幸福面前是微不足道的。

「但這個人不一定要是我吧？」這道理寧少是知道的，但人不為己，天誅地滅也是不爭的事實。

「如果不由你來做，你肯定世道會是你能接受的模樣嗎？」九龍東西休戰後，洪爺未曾停止憂慮。

「你以為想吃掉信義社的，就只有福字頭嗎？」人類的貪念是無止境的，只要海裡還有魚，就自然會引來捕獵的人，這些人可以在附近，也可以遠在彼岸。

〝ф ㄨ ф〞

今天是貓 café 的首個假日，而之所以有這難能可貴的假日，是因為今天其實是蘭的生日正日。

荔枝角 D2 Place 商場正在舉辦一場同人漫畫展，讓一些自由創作者擺賣自己的作品，場地雖然不大，但人流暢旺，更重要的是參加費用低廉，吸引不少年輕創作者。

「謝謝支持！」蘭也是參加者之一。

蘭自從創作以寧少和崔宇為主角的 BL 同人漫畫後，一直在苦惱該以什麼渠道讓她偉大的作品能公諸同好。

「真的太感謝你了！」賺錢事小，能公開自己的作品才是蘭的真正目的，但她害怕被寧少和崔宇發現，所以不敢在網上發布，而選擇這兩個男人不會出現的同人展，以實體方式分享她的自信之作。

而蘭沒有猜錯，她的確有這方面的才華，同人漫畫的銷量和迴響相當不錯。

「這實在是一部神作……請給我三本，一本是用來看的、一本是用來收藏的、另一本是特殊用途的。」灰白短髮的女生長有一副精緻的五官、一雙明亮的鳳眼，加上嬌小而豐滿的雙唇令人一見難忘。

「老師，請替我簽名！」然而這樣的一個美女，在蘭的攤位前看著BL漫畫，鼻血流出而不自知。

「能得到你的欣賞是我的榮幸，小姐怎樣稱呼？」能找到志趣相投的讀者令蘭十分感動。

「這兩個主角……和我認識的人真像。我姓唐，單字一個雪。」唐雪身穿黑色的皮革和漆皮裙，就連長靴也是皮革製品。

蘭沒有聽到她前面的説話，心裡正感嘆面前的這個美女竟和她有相同喜好。唐雪接過本子後嫣然一笑，在她離開後，蘭久久難以忘懷。

「嘩……很想把這樣的美女也畫進作品中。」蘭又有新靈感了，這一刻她還未知道自己和唐雪的緣分還未盡。

「妹頭，來這裡真的會找到蘭喜歡的禮物嗎？」寧少問。

和洪爺釣魚只是寧少假日上半場的活動，來到中午時分他開始今日的重要任務，就是為寶貴的員工購買生日禮物。

「這裡全都是賣些……主題奇怪的漫畫和週邊，你確定蘭會喜歡？」崔宇也在離開唐樓後趕來會合。

「你們有所不知啦，近年男同性主題的漫畫和輕小說大行其道，蘭姐姐的電腦收藏了很多這種漫畫。」小花初來乍到已掌握蘭的喜好，她年紀輕輕已善於察言觀色。

「糟糕了……寧少他們為什麼會在這裡的？」蘭和他們相隔三數個攤位，要逃跑恐怕已來不及。

「可能我們真的脫節了，時代變化急速，一不留神便會被淘汰。」崔宇目睹三大當家的新業務後，有了新的體會。

「那就……隨便挑幾本給蘭做生日禮物吧。大家一人夾一份，別賴帳呀。」不知不覺，寧少已來到蘭的攤位前，蘭躲在桌子下扮在執拾東西。

「啊，這個很不錯呢！畫功細膩，角色造型也很有真實感。」小花被蘭的作品吸引，三人停下腳步。

「為什麼這丫頭眼光這麼好的……」如果可以，蘭也想向小花親口道謝。

「讓我看看……嘩……現在的漫畫也挺大膽呢。」寧少發現不少緊張刺激的肉搏場面。

「為什麼……我總覺得，這兩個主角熟口熟面？」崔宇問。

「崔崔崔崔崔崔……宇呀！主角的名字和你一樣的呀！你為什麼脫掉那男人的褲子

呀？」寧少震驚得口齒不清。

「我要進來了，寧少……寧少？這嚴重侵犯個人肖像權的不雅物品是什麼來的？」

崔宇嚇得漫畫也掉落地上。

「作者的筆名是……『腐蘭的五十道陰影』，這個蘭不會是我們認識的蘭姐姐吧？」

小花十分敏銳，躲藏的作者只好現身說法。

「哈哈……大家這麼巧呀？有興趣買一本留念嗎？」蘭尷尬地笑著說。

蘭的秘密最終還是被發現了，幸好今天是她的生日，而寧少和崔宇已不算是黑道中人，不然這可能是她最後一個生日了。

〃Φ人Φ〃

商場外，福字頭頭號打手賀一龍，邊吸著香煙邊等待他所侍奉的對象。

「小姐，你在流鼻血。」賀一龍遞上紙巾並打開車門。

「一定是因為天氣乾燥。」唐雪坐到副駕駛席。

「又買成人漫畫，你忘記了待會和老大吃飯嗎？」賀一龍不理解這位大小姐的興趣。

「我到底要說多少次，這不是成人漫畫，而是女性向同人漫畫！兩者是完全不同的！」唐雪鄭重聲明。

「我相信在老大眼中兩者也沒有分別。」賀一龍為唐雪扣上安全帶，準備駛回他們在九龍東的大本營。

「你和老爸一樣思想守舊，幸好我回來改革幫會，業務才蒸蒸日上。」唐雪，是福字頭龍頭大哥的親生女兒，她在中學畢業前被安排出國留學，回流不過是這一兩個月之間的事。

「業務變好是好事，但這手法⋯⋯未必是人人接受的。」賀一龍在幫會的資歷和實力也是一等一，反而唐雪對打理幫會毫無經驗。

福字頭正經歷新的變革，信義社正處於動盪之中，猛虎和惡龍難以在同一個山頭共存，唯有其中一方成為對方的血肉，才能見太平盛世。

Meow 19

父女

福字頭最早期是由一班龍虎武師成立，他們的發跡地是牛頭角的一個傳統武館，武館至今仍在營運。隨時代變遷學習這傳統技藝的人已愈來愈少，福字頭一直為延續這文化出力，而武館現在亦成為幫會在重要日子時聚集的大本營。

福字頭的龍頭大哥——唐福正在為他的舞獅頭上色，從塑膜、上紙、起框……每一個工序他也堅持親手製作，這是他的興趣，也是他用來整理思緒的方法。

「老大，我帶小姐回來了。」賀一龍既是唐雪的貼身保鏢，也是她在業務上的副手。

「多大了？還一點時間觀念也沒有。」唐福嚴肅威武，年屆七十的他，還是散發著攝人的壓迫感。

「兩分鐘也有必要拿出來說嗎？老爸你還是一點耐性也沒有。」唐雪對父親的態度比對下人還要差。

嚴厲的父親和反叛的女兒注定相性不合，但唐福畢竟老了，他願意放低身段迎合女兒。

「我不希望每次和你見面也是吵架收場，你說要參與幫會的事，我已滿足你了，你還有什麼不滿嗎？」唐福放下手中毛筆，盡量保持心平氣和。

「有，把你的位置讓給我，我保證讓你體會一下什麼是孝感動天。」唐雪直來直往，說話從不轉彎抹角。

「讓給你？你當這是在街市買菜嗎？福字頭的弟兄會信服嗎？」但面對這激心的女兒，唐福還是一秒破功。

「我不是做出業績了嗎？這是有目共睹的吧？」唐雪被強逼往海外留學的期間，完成了工商管理學的碩士學位課程，回國後在短時間內已替幫會改善財務狀況。

「我承認你在理財方面是很有一套，但對於人心的管理……你還差得遠。」這是唐福不希望由女兒繼承幫會的其中一個原因。

唐雪和賀一龍剛好是相反的存在。唐雪有狼子野心，賀一龍無欲無求；唐雪在幫會樹敵無數，賀一龍深得人心。

「我不是在努力了嗎？是你的弟兄不能接受被女性壓在頭上罷了！」唐雪氣上心頭。

「不如你先老實告訴我，你到『龍城共聚』和信義社的人談了什麼吧！」唐福激動反問。

「東西雙方處於休戰狀態，我當然是為了推動更友好的關係而去九龍城啦。」唐雪有自己的想法，而這想法不是唐福樂見的。

三大當家的新業務，是唐雪教導的，她以同樣方式賺取了巨額金錢，把財路分享給信義社是為了統戰，為她的最終目標而鋪路——東西合二為一，九龍黑幫從此不分你我。

「自己人的關係也搞不好，你去管其他人的事？你的學校是這樣教你的嗎？」唐福大力拍打枱面，這對父女總是不歡而散。

「嘩……你還真的好意思問？是你逼我出國的，你以為我不知道你在那時候做了什麼嗎？」唐雪不甘示弱，索性把枱翻倒地上。

唐福下過很多令唐雪不能接受的決定，唐雪回來是為了修復被破壞的關係。

「老大沒說錯，小姐你的支持者真的不多。」賀一龍插口是為了避免兩人愈鬧愈僵。

「哼！」唐雪轉身就走。

「阿龍。」唐福叫住了準備隨小姐離開的賀一龍。

「阿雪這樣下去只會闖出大禍，你好好看著她。」父女一場，唐福不會看著唐雪受傷也視若無睹。

「明白。」賀一龍說。

「還有一件事……那傢伙明天出獄了，你去接他，和他好好洗塵。」但唐福不會因父女關係，便把幫會拱手相讓。

身為福字頭的龍頭大哥，唐福永遠把幫會的利益放在首位，為此他不擇手段，也不惜犧牲他人。

≈ φ 人 φ ≈

貓 café 雖然有了穩定的客戶來源，但距離目標金額還是有一段難以縮短的距離，日子一天一天過去，如果以現在的步伐繼續營運，寧少便要回到信義社繼承龍頭之位。洪爺已約定只要寧少管理好幫會，他願意退一步讓貓 café 繼續營運下去。崔宇心想這樣的結果或者才是最理想的，只是若不全力掙扎一番，他會覺得不合自己的風格。

「寧少又在幹什麼？」崔宇問。

「為另一對蛋蛋製作墓碑。」蘭說。

再有貓咪找到好歸宿，這是寧少欣喜樂見的事，但主子要被絕育寧少還是會傷心不已。

「長此下去這裡會變成蛋蛋墓園啊，聽起來像是獵奇景點呢。」小花說。

「有黑幫大佬作為噱頭還不夠嗎？再添加奇怪主題生意會更慘淡吧？」蘭問。

「不……就是因為我們太墨守成規，生意才好不起來。」三大當家的新業務對崔宇有所啟發。

時代不同了，不慍不火的營運手法是無法突破重圍的、無法被人看到的。流量、話題性、傳閱率，現在是講求熱度的時代，只要製造出引人關注討論的舉動，哪怕是嘩眾取寵、惹人非議的事也能成為有效的宣傳，從而帶動營業額上升。

「博一博吧，與其坐以待斃，不如絕處逢生。」崔宇神色凝重地說。

時間已經無多，崔宇決定鋌而走險，務求能夠出奇制勝。

"ΦᆺΦ"

喜靈洲懲教所，這個四面環海的監獄之島提供戒毒輔導等服務，懲教所收容的在囚人士也是染上毒癮的人。

「嘩，龍仔這麼好來迎接我呀，你這小子夠義氣，我喜歡！」今天是鬣狗刑滿釋放之日。

事隔八年，鬣狗的體格比當日更壯，肌肉結實像要撐破背心，戒除毒癮後的他精神煥發，不變的唯獨他所散發的狂氣。

「是老大叫我來的，他有話要親自和你說。」賀一龍打開車門，鬣狗由始至終也是唐福的愛將。

「老大？他不是狠心把我拋棄，說當年的事是我挑起的，一切也和福字頭無關嗎？」鬣狗在囚期間，沒有一刻忘記過八年前的事。

「你自己心知肚明啦，若不是老大為你奔波，又找來最好的律師團隊，你不會這麼快便能呼吸新鮮空氣的。」賀一龍把香煙和火機拋給鬣狗。

「那我真的要好好答謝他老人家了。」鬣狗在監獄養精蓄銳，一直等到回復自由的一天，好讓他能再次握起鐵鎚，敲碎阻擋他的一切，拔除浪費了他八年時間的眼中釘。

Meow 20

夜總會之夜

觀塘工業區內，一幢工廠大廈不久前完成了翻新裝修工程，工廈經歷了一場嚴重火災，雖然沒有人命傷亡但對業主造成巨額金錢損失。

「唉唷，多年不見老大還是這麼英明神武，真是令人失望……不不不！是令人感動。」鬣狗換了一身非常浮誇的西裝，綠色布料上刺繡著金色花紋圖案，還把頭髮染回了顯眼的金色。

「你的氣息也不錯嘛，戒掉那些陋習對你來說，是好事來的。」唐福說。

「嘖……八年來看也不看我一眼，現在裝作一副關心我的模樣，老大你的葫蘆到底在賣什麼藥？」鬣狗心知福字頭的老大只把幫會兄弟當棋子利用，沒有價值的棋子他不屑一顧。

「我在八年前已說得很清楚，你已不是福字頭的人，我亦不再是你的老大。」唐福不做無謂投資。

「那你叫我來是什麼意思？」鬣狗覺得莫名其妙，賀一龍奉命讓他穿得好、吃得好，還給了他一筆流動現金。

「我不是你的老大，但你可以是他們的老大……這些都是昔日跟隨你的人，現在他們也歸你了。這幢工廈也一樣，已轉到你名下，你就在這裡重新開始吧。」唐福說著的同時，工廈走出了近百人。

「哈哈……這是要我做些什麼？」鬣狗明白唐福一邊劃清界線，另一邊回復他財力權力，一定有所企圖。

「要做什麼、用什麼方法，我統統沒興趣知。但我欠你的帳算清了，你也是時候去收回其他人欠你的帳了吧？」借刀殺人，是唐福擅長的事。

「老大你真是……真是很討人喜歡的！」鬣狗很滿意，他知道唐福依舊視他為幫會的繼任人。

「把事辦妥後再來叫我老大吧。」就算唐雪交出生意成績，也不能令唐福滿意；福字頭歷來都是以「恐懼」來統治九龍東，這一點是不能改變的。

和鬣狗有恩怨未了的人，同樣是唐福不會放過的人，他把這裡燒成火海，令福字頭損失慘重，那人就是九龍西的猛虎——信義社的寧少。

=ф人ф=

崔宇為貓 café 想出的對策，是把「Meow Daddy」的特性發揮到最大。

既然這裡是由黑幫開辦的事實已在網上傳開，對此十分介意而不會光顧的人是鐵定不會來，那崔宇還能做的，就是全力吸引那些不在意，甚至感興趣的潛在顧客。

「你信任我嗎？」要作出孤注一擲的決定，崔宇需要寧少百分之百支持。

「既然是你的決定，我當然支持呀，我又不會做生意。」寧少有自知之明，只要能被貓咪包圍就心滿意足。

如是者，以「極道體驗」來吸引客人的貓 café 就此誕生，崔宇所辦的第一個活動，就是「貓之夜總會」。

「人渣！敗類！我信錯你了！」寧少的反對為時已晚，崔宇做事向來兵貴神速。

「冷靜點……不是很可愛嘛，貓咪們都打扮成舞小姐和牛郎，很新鮮呀。」不只貓咪換上新裝，室內環境也改頭換面，添加了不少具夜總會特色的燈飾布置，令蘭刮目相看。

「最重要的是營業額真的上升了，開業以來這是首次全場爆滿，而且……寧少你看，已經有很多相片在社交網絡流傳開去了。」小花穿著西裝像個經理一樣，因為若被浪哥知道契女打扮成陪酒女郎，貓 café 便會遭受滅頂之災。

「三杯雞來侍奉三號枱的老闆們了，大家飲多兩杯啊。」金樓的總經理——天芯姐來客串坐陣，經驗豐富的她是受崔宇所托來帶動氣氛。

雖然沒有酒精飲品，但能賣多一杯咖啡，也是向勝利邁進一步。

「買定離手呀！買得大，賠得大，莊家連開三口大呀！」除了夜總會，崔宇還準備了以非法地下賭檔為主題的活動，把貓糧當成現金，這張枱在賭大細，那張枱在玩廿一點。

「煤炭十七點，還要牌嗎？」寧少親自當荷官發牌。

客人玩得開心，有影相打卡的價值，貓 café 的存在終於落入大眾眼中，雖然有不少留言充滿惡意，對店主這樣利用貓咪強烈譴責，但無論是好消息還是壞消息，也總比無聲無息好。

「雖說是有效……但和目標金額還有一段距離。」場地布置和還原大大增加了員工的工作量，貓咪們也不願意長時間穿著衣服，所以主題活動不能長時間進行。

「今天就簡簡單單放鬆一下吧，主子們拋頭露面後也得好好休息啊。」寧少又開始了和貓咪的追逐戰。

「罐頭快沒了，最近皇冠牌的貨源不足呢……價位也持續高企。」崔宇倒是連休息的時間也沒有，他還在想盡辦法減少貓 café 的開支。

「寧少，我又來了！」阿晴的停職處分還未結束，她已真真正正成為這裡的擁躉，或者應該説是浪爸的忠實粉絲才對。

「阿晴，小賊最近還好嗎？有好好吃飯嗎？」阿晴在這裡領養了人生第一隻貓咪，正式踏上貓奴之路。

「小賊很乖很聽話啊，不過我還是個新手……有很多事情也不知道有沒有做好，例如剪指甲呀，清潔耳朵呀……你可以……偶然來我家……幫我看看小賊嗎？」防人之心不可無，阿晴居心叵測。

「這裡可以幫……」不遠處的崔宇還未把話説完，已被蘭掩住口鼻。

「別破壞那麼美好的氣氛。」蘭輕聲説。

「枉你長得這麼帥，一點也不明白少女心事。」小花無好氣地説。

「也不是不可以呀。」難為純情的寧少不知這是送羊入虎口。

「寧少是母胎單身嗎？這傢伙不會把所有青春放在打架之上吧？」蘭問。

「似啊……寧少就像櫻木花道，但女生都喜歡流川楓和三井壽。」小花是日本漫畫《Slam Dunk》的忠實粉絲。

「不是呢，寧少是有拍過拖的。」這件事只有長年陪伴左右的崔宇知道。

「吓？真的嗎？何時？對方漂亮嗎？為什麼會分手的？」蘭和小花異口同聲問。

「唔……在得到我當事人同意之前，我沒有意見發表。」崔宇不願透露寧少的愛情故事。

但緣分就是這麼巧合，就算崔宇不説，這愛情故事中的女主角卻突然推開貓café的大門，出現在眾人面前。

「啊！是我在同人展見過的美女。」蘭認得這灰白頭髮的女生。

「寧少，我回來了……」唐雪鼻子通紅，兩眼淚水，一下子跑到寧少面前把他緊緊抱住。

「啊啊啊啊啊！」這一幕令三個女生同時驚叫出來。

「雪……阿雪？」寧少手足無措的樣子，足以證明崔宇所言非虛。

信義社龍頭養子和福字頭坐館的獨生女，兩人曾有過親密關係，知道這段關係的人，就只有崔宇一個。

那些年

較早前，賀一龍在唐雪連番追問下，把鬣狗出獄的事告訴了她。八年前寧少的養母遇害時，唐雪已在海外，但她知道這是鬣狗的所作所為，也知道推動這件事情的幕後黑手是自己的父親。

「這麼重要的事，你不第一時間告訴我？」唐雪火冒三丈。

「小姐，我勸你不要管鬣狗比較好。」賀一龍說。

「為什麼？」唐雪恨不得現在便找鬣狗算帳。

「老大本來就不希望由你繼承幫會，而且鬣狗一直是他心目中的最佳人選，你和鬣狗作對，只會對你更加不利。」賀一龍也不希望福字頭落在鬣狗手上，扶持唐雪上位，是賀一龍唯一的辦法。

「那瘋子一定會對寧少不利的，我不可以放任鬣狗不管。」唐雪正想動身離開，就被賀一龍拉著。

「就算鬣狗再瘋，也不會主動去寧少的地盤搞事，在『龍城共聚』簽訂的停戰協議，是沒有人會違反的。」維持這項守則，是全港各大黑幫領導人的共同責任，違反的人和所屬組織將會承受嚴重後果。

「你的意思是要我當什麼也沒有發生嗎？那瘋子可是寧少的殺母仇人呀！」唐雪激動地說。

「鬣狗已受了法律制裁，無論大家接受與否，這事已成過去。是你親口跟我說過要為福字頭帶來改變，拜托我扶助你的，那就不要感情用事，造出讓我後悔的事。」賀一龍對權力鬥爭不感興趣，但想看看唐雪想達成的東西合一會是怎樣的景象。

唐雪沒法反駁，這是寧少和鬣狗之間的事，就算要為此大動干戈，也不應該由她來做。

〃φ人φ〃

「雪……阿雪？」寧少的前度突然出現並緊抱著寧少，手足無措的他只記得一件事。

「你不能留在這裡的！崔宇，今晚你鎖門，記得送蘭回家！」寧少輕輕鬆鬆便把唐雪以公主抱抱了起來。

「啊。」崔宇很好奇，為什麼唐雪突然會從海外回來，但他未有機會發問，寧少已把她抱走。

「那人……難道就是寧少的前度女友嗎？」蘭還以為寧少有拍過拖只是崔宇説説罷了，現在會行會走的證據出現在眾人面前。

「唔……」崔宇本來是不想透露的，但一想到寧少常常拿他的私隱來取悦客人，更在暗中販賣他的相片謀取暴利，便感到十分不爽。

「沒錯，你們每人點一個小食拼盤，我便告訴你我所知道的事。」崔宇是時候以牙還牙了。

「員工有沒有優惠？」蘭問。

「沒有。」崔宇答。

「可以分期付款嗎？」小花問。

「不可。」崔宇答。

另一邊廂，抱著唐雪遠離了貓 café 後，寧少終於有機會和舊情人好好對話。

「你……還好嗎？」寧少腦海一片空白。

當日唐雪不辭而別，現在又突然出現，教寧少不知如何是好。

「不好！」唐雪眼淚和鼻水流個不停。

「你還是和以前一模一樣呢。」寧少慢慢退後，和唐雪保持一定距離。九龍東和西兩大幫會話事人的後代談戀愛，説什麼也不會被允許，但這不是促使兩人分開的原因。

「什麼？她患上不治之症？」蘭感覺這比她畫的漫畫情節更超現實。

「沒錯……其實阿雪……對貓毛嚴重過敏。」崔宇成功為貓 café 賣出了三份小食拼盤。

「這能説是不治之症嗎？」愛吃花生的小花感到十分失望。

「你有所不知了，過敏反應嚴重起來會導致呼吸困難、氣喘，甚至休克……而阿雪的情況就是這麼嚴重。」就像有人進食花生後會有生命危險，過敏反應是可大可小的。

「既然知道對貓過敏，從一開始就不應該勾引寧少吧？」阿晴充滿敵意。

「那位漂亮的姐姐勾引寧少？這很難令人信服呢。」小花説。

「這樣説也沒有錯，當初是阿雪突然出現吵著要和寧少交往，然後又突然消失得無影無蹤。」像雪般降下，又像雪般融化，崔宇回想起唐雪在他們身邊的日子。

"ฅ^ฅ"

中三的那年，和寧少就讀不同學校的唐雪來接寧少放學。

「你就是寧少嗎？我們交往吧！」兩人素未謀面，但唐雪開口的第一句說話就是告白。

「不要。」寧少直截了當，他以為這是騙局。

「為什麼？我不漂亮嗎？身材不好嗎？放心吧！我還在發育時期，不會令你失望的。」唐雪豪邁的個性令崔宇大吃一驚。

「唔……還是不要。」寧少打量了唐雪兩眼，還是堅定拒絕。

「就算你拒絕我，也要告訴我原因呀！」唐雪生氣著說。

「我也不知道呀！總之你不要跟著我！」寧少逃跑了。

這是第一個向寧少表白的女生，也是唯一一個有向寧少表白的女生，但是她表白的次數多不勝數。

「寧少，我們交往吧！你和我交往，我老爸一定會很生氣的！」起初，反叛的唐雪只是為了激怒父親。

「你為什麼要這麼不孝呀？不如你向崔宇表白吧！」寧少覺得唐雪不可理喻，正常的女生也會選擇崔宇而不是他。

「這樣是激不死我老爸的，你快點認命吧！」但唐雪就是這麼不正常，這麼令人意外。

唐雪很討厭自己的父親，不是因為他是黑道中人，而是他的行事作風，所以她早已決定將來一定要從父親手上搶走福字頭。

「你死心吧，我是不會向惡勢力低頭的！」相反這時候的寧少雖然喜歡撩事鬥非，但還沒有加入信義社的打算。

「放心吧！我會對你很好的！」兩人你追我趕，針鋒相對了大半年左右便自然地走在一起，到底是從哪天開始正式交往，他們也記不清楚。

雖說在交往，但寧少、崔宇和阿雪還是三人待在一起的時間比較多，就算崔宇想迴避，但無論他躲到哪裡也會被寧少和阿雪找到，直至某一天，阿雪從他們的世界突然消失了。

〃φ人φ〃

「寧少把貓放在第一位，這一點從我認識他到現在也沒有變過，雖然阿雪因此吃了不少苦頭，但阿雪也沒要求過寧少什麼。」崔宇說。

「所以他們不是因為家族問題，也不是因為過敏而分手，那到底是為了什麼？」蘭問。

「大概是因為霞姨吧……」崔宇知道這件事至今還是寧少心中的刺。

唐雪被送往海外沒多久，就是寧少的養母出事的時候，寧少很清楚這和唐雪一點關係也沒有，但唐雪知道鬣狗的所作所為後，卻沒有再聯絡過寧少。

「八年了……是我唐家欠你一個公道。」唐雪知道真正下令大開殺戒的，是她的親生父親。

「事情都過去了，而且你也不牽涉在內。」唐雪出於愧疚而沒有找寧少，而寧少也沒有找過唐雪，他沒法告訴唐雪，自己在找她父親尋仇。

「不，我是為了還這筆債才回來。」唐雪堅定地說。

「你……打算幹什麼？」唐雪是寧少最害怕的人，唐雪總是做出令寧少意想不到的事。

「我要把福字頭拿下，然後你娶我過門，東西黑道從此一家親！」唐雪把九龍東最大的幫會當成嫁妝。

「我已經不是信義社的人啦……而且……大家這麼久沒見，我為什麼要娶你呀？」受驚過度的寧少開始逃跑。

「你剛剛不是說過我和以前一樣嘛，你說對了呀！放心吧！本小姐講得出、做得到！」唐雪追著寧少不放。

「我只是說你的過敏反應和以前一樣呀！你什麼也不要做，我只想好好當個貓奴呀！」就像初相識時一樣，寧少一路跑，唐雪一路追。

「當貓奴也可以娶我呀！我也很喜歡貓的！」唐雪的確喜歡貓，只是不喜歡過敏帶來的痛苦。

但就算對貓毛過敏有多痛苦，也不及相思之苦般折磨。

「兩小口子真令人羨慕！」但回來的人不只唐雪。

「貓café嗎？看來我找到了有趣的東西，能和你再玩個痛快呢。」鬣狗已捲土重來，在不遠處觀望著寧少和唐雪的他正盤算著什麼。

Meow 22

黑騎士

最近每晚下班時間，崔宇都會駕車送蘭回家，這是寧少的吩咐，原因是蘭被前度男友騷擾跟蹤，雖然她口裡說著不用在意，但寧少很重視員工的人身安全，除了崔宇的安全例外。

「所以她這次回來，是為了和寧少復合嗎？」蘭問。

「可能吧。」崔宇冷漠的說。

「你喜歡唐雪嗎？還是喜歡寧少？兩個之中，你一定有一個是喜歡的吧？」蘭在為下一部 BL 漫畫做資料蒐集。

「你是小學雞嗎？一定要喜歡某人才能過日子嗎？」崔宇不喜歡建立人與人之間的關係。

崔宇長期獨居，從不和人建立長遠關係，因為他不想再因別人離開感到失望，而只有寧少從來沒有讓他失望過。

「這時候劇集中的主角通常都會發展成三角關係嘛，例如你一直暗戀著唐雪，而唐雪卻和你的好兄弟兩情相悅……」蘭真的很小學雞。

「談戀愛有什麼好處？一旦鬧翻了，像你現在般擔驚受怕豈不是自作自受？」崔宇一時口快。

「你說得也有道理呢……」這番話就像對蘭當頭棒喝。

「抱歉……我不是……這個意思。」崔宇自知理虧，無論起因是什麼，蘭現在也是受害者，拿受害者來取樂是比小學雞更令人生厭的行為。

「戀愛這東西嘛，是有得必有失的。」蘭的外表裝扮得十分強勢，這是失戀改變她的事。

「你的前度，是個怎樣的人？」崔宇很少關心別人的事。

「是個很易改變的人。」蘭的前度多次出軌，分手後每隔一段時間又回來糾纏著蘭。

過去的蘭沒有這麼硬朗、沒有這麼堅定，導致自己傷上加傷，後來她換了髮色、換了裝扮、也換了表情，變成現在這個乍看之下難以親近的蘭。

「我到了，有勞你啦。」蘭下車後便匆匆趕回家。

蘭回去後，崔宇把車停泊到下一條街後點燃起香煙，他討厭管別人的事，因為這會讓他看似很重視那人。

「你知道有律師資格的黑社會和一般黑社會有什麼分別嗎？」崔宇把跟蹤蘭的人抓上了唐樓天台。

「不……不知道。」蘭的前度嚇得快尿褲子了。

「一般黑社會殺人後會找人頂罪。」崔宇深深吸了一口香煙。

「有律師資格的不會，你的死亡不會有人要負上刑責，也不會有人在意。我會令你的人格在社會上也徹底死亡，大家會慶幸這世上少了一個變態跟蹤狂，少了一件垃圾。」知識分子做的壞事，其實一直比低學歷人士要多很多、要壞很多。

「聽懂了就在我和蘭面前永遠消失，不然我親自讓你被消失。」崔宇說罷鬆手讓跟蹤狂離開，這是他為對蘭失言而作出補償的方法，不過蘭是不會知道罷了。

「是最近的日子過得太平靜了嗎？感覺我也變得愈來愈不像個黑道了。」崔宇看著月光，本來打算最多也是陪寧少瘋癲三個月，但平靜的日子過久了，他開始變得享受，變得想要持續下去。

三個月的限期已餘下不足三週，貓 café 的營業額距離目標還差接近三份之一，夜總會和賭檔的主題雖然曾吸引不少客人，但香港人是善忘的，話題的熱度維持不了多久，一旦減退了只能另覓出路，問題是寧少他們沒有足夠時間再創造新的出路。

〃ф人ф〃

「崔宇，不是這樣的。」寧少拉住崔宇的手。

「放手！阿雪回來了，意味著我們也玩完了。」崔宇甩開寧少的手，唐雪正淚眼汪汪站在寧少身後。

沒錯，這裡又是蘭的異想天開奇妙世界。

「你知道我當你是什麼來的，我們能說一句完就完嗎？」寧少情深款款。

「那你知道我當你是什麼嗎？飛機杯呀！現在我有了新的玩具，你走吧，我不想再見到你。」崔宇十分決絕，他們的關係迎來了終點。

「是⋯⋯是誰？是我⋯⋯認識的人嗎？」寧少驚魂未定，口齒不清。

「是她，我的新玩具、我的新寵兒。」崔宇把蘭拉到自己身前抱住。

「嘩呀呀呀呀！為什麼會關我事的？這樣不是太好吧？」蘭從夢中驚醒過來，床上的煤炭和白金也被嚇了一跳。

可能是崔宇每天送蘭回家的關係，在蘭的夢境裡，崔宇的出席率愈來愈高。崔宇教訓了蘭的前度後還保持著送她回家的習慣，但卻沒有告訴她天台發生的事。

「這豈不是變了非 BL 故事嗎？這麼普通的愛情故事又有什麼意思？大家想要的是腐能量呀，是有血有淚的男上加男呀！」蘭在刷牙的過程嘗試努力說服自己。

而另一個懷春少女阿晴，終於收到王 sir 的新指令。

「阿晴，來，多吃點！」王 sir 把阿晴約到粥鋪，炸兩、鹹肉糉、炒麵、艇仔粥，擺滿一桌。

「王 sir……為什麼突然約我出來？」無事獻殷勤非奸即盜，這道理阿晴很清楚。

「我知道你對停職一事還在耿耿於懷，但阿女……作為新人，受些少挫折是難免的。」王 sir 説得理直氣壯。

「這算是……些少挫折嗎？」阿晴有不好的預感。

「難道我會因為這點小事而不給你機會嗎？當然不會呀！而且機會就像曹操，一説曹操，曹操就到！」王 sir 覺得自己很風趣和很有信服力。

「那這曹操……機會，是想我做什麼呢？」阿晴問。

「我想你繼續監視寧少，我相信這傢伙……很快會有動靜。」王 sir 沒有放棄逮捕寧少。

「寧少？為什麼？上次行動失敗不就證明寧少沒有進行非法勾當，是個正當商人了嗎？」阿晴挺身袒護浪爸。

「狗改不了吃屎，上次我們只是證據不足罷了。但這次不同了……福字頭的動作愈來愈大，龍頭大哥唐福的女兒生意愈做愈大，還有……」唐雪的事阿晴也在貓 café 聽了不少，特別是她和寧少的情史。

「鬣狗提前放了出來，我的線人說他在觀塘東山再起，信義社和福字頭當日就是因為這瘋子打了八年，現在他回來了……寧少和他又怎會相安無事？」王 sir 樂見雙方大打出手，昔日東西大戰害死王 sir 不少手足，所以他對寧少懷恨在心。

「鬣狗……這真的有點不妙呢。」阿晴知道鬣狗是寧少的仇人，八年過去寧少是否放下了仇恨卻是未知數。

貓 café 內，崔宇遇上另一個難題。寧少一直堅持為主子提供最優質的膳食，皇冠牌出品的貓食品全是行內的頂尖貨品，本已價格高企，近日更貨源不足，市場上出現炒賣的情況。

「瘋了……一個貓罐頭竟和這裡的全日早餐同樣價錢，是我有認知障礙嗎？」這樣的開支摧毀了崔宇的三觀。

「批發商呢？能從他們手上直接訂貨嗎？」蘭問過多名行家，大家也面對同樣問題。

「已訂了，但到貨日期還未能確認。」崔宇走到存放貓糧的地方，儲備只足夠應付一至兩日。

「怎麼辦？主子無飯開，寧少會發癲的。」蘭說。

「雖然貴了一倍，也唯有買一點來應急吧。」崔宇在網絡購物平台下單，對方承諾會儘快送貨。

然而奇怪的事情不只一宗，寧少約了 Uncle 路飛和黑鬍子兩位資深的流浪貓關注人士，三人在貓 café 內進行緊急會議。

「流浪貓集體失蹤這件事是真的嗎？」寧少在浪浪關注組接連收到同樣的線報。

「有住在圍村的熟客跟我說，見過一班村外人鬼鬼祟祟的捉走浪浪，然後駕著貨車逃走。」肉球藥房的客人遍布港九新界。

「愈來愈多地區出現同樣情況了……義工們撞見過這班人，說他們看起來不像正經人家。」黑鬍子也收到很多貓義工通知。

聽到不像正經人家的描述，寧少也不好意思多說，因為他也是在道上打混過的人。

「寧少，你能靠你的人脈關係打聽一下嗎？」警方不受理，Uncle 路飛只能拜托寧少。

「交給我吧，如果有人對主子做出不敬的行為……殺無赦！」寧少一掌拍裂了餐桌，嚇得貓咪們尾巴直豎。

「啊，我不是生氣呀……有蚊！我只是在拍蚊罷了。」寧少以他有點像變態佬的笑容對貓咪說。

在旁監聽的阿晴留意著寧少，神女有心、襄王無夢，寧少就算不為阿晴戴上婚戒，阿晴亦不想為寧少戴上手銬。

Meow 23

暗湧

「崔宇，你不會是為了省錢而買假貨了吧？」寧少嚴肅的問，供應商的大貨遲遲未到，而崔宇臨時在網上訂購的一箱皇冠牌貓罐頭剛好送到，但貓咪們卻一點也不肯吃進肚子。

「這箱罐頭比正常價格還貴了一倍，若不是你堅持要買皇冠牌，我早就開罐午餐肉給牠們算了。」崔宇也感到一頭霧水。

貓糧供應短缺的問題愈來愈嚴重，貓 café 的儲存量連一日的分份量也不夠。

「午餐肉？你現在拿給主子的膳食來和我開玩笑嗎？」和貓咪有關的事情，寧少是不會開玩笑的。

「寧少，不如將就一下吧，有其他牌子的貓罐頭營養價值和味道也差不多的。」蘭很少見到寧少火氣這麼大。

「將就？我們是這樣做生意的嗎？」寧少是個很重視承諾的人，特別是和貓咪有關的承諾。

「買不到也沒有辦法呀，不然讓貓咪餓著肚子嗎？」小花說。

「沒有努力過就說將就，沒有掙扎過就放棄，你們是這樣過日子的嗎？是這樣對待重要的人和事嗎？」寧少語氣之重，嚇得小花躲到蘭身後。

「我自己去找！」寧少勃然大怒，一股勁走出了貓 café。

「好過分……好想叫大叔來揍他一頓。」小花可不是好欺負的。

「寧少最近怎麼了？他平常的脾氣不是這麼壞的……」蘭和寧少相識不淺，慈愛的浪爸在網絡上被貫以紳士之名。

「應該是因為流浪貓失蹤的問題還未有頭緒吧。」崔宇淡淡然說。

「崔宇，寧少這樣發你脾氣，你不生氣嗎？」蘭問。

「只有笨蛋才會生笨蛋的氣。」崔宇說罷，開始準備營業工作。

「知識分子說話果然與眾不同，但為什麼我會有一種被踩了一腳的感覺？」蘭問。

「我也是……」小花說。

寧少為了堅守對貓咪的承諾，在各大超市和寵物用品店走了大半天，直至天黑也始終找不到一罐現貨，就像是有人刻意搜購，斷絕市場供應。

「我真無用……連這小小的承諾也堅守不到，捉浪浪的傢伙又未抓到。」寧少向來自信滿滿，但貓咪是他的軟肋，特別是牽扯到和流浪貓咪的事，他就會性情大變。

寧少喜歡貓，不只是因為貓很可愛，他這麼著緊浪浪，是因為在更早的時候所建立的緣分。

「啊！有了，三罐也比沒有好！」浪浪關注組裡有成員發出信息，願意把手上的三罐皇冠牌貓罐頭讓給浪爸。

這緣分為寧少帶來夢想，令世上多了一群關注流浪貓的人。

「觀塘……我不能到那裡呢……」交收地點在觀塘的一個工廈地下，但觀塘一帶是寧少不能踏足的禁地。

福字頭和信義社在停戰前最後的戰役就是發生在觀塘，寧少更在那一役中放火燒了福字會用來藏黑錢的工業大廈，重創福字頭的經濟命脈。

所以在「龍城共聚」達成停戰協議時，唐福有一個條件，就是寧少不得再踏入觀塘半步，否則後果自負。

「交收很快，應該不會被發現的……事不宜遲，馬上出發！」權衡過後，為了遵守對貓咪的承諾，寧少竟不介意違反和人類的約定。

貓 café 那邊，崔宇接到三大當家的來電，邀約他共聚晚餐，崔宇心知這三個老傢伙一定另有陰謀。但就算明知有凶險，卻唯有接近敵人，才能知道敵人的底牌是什麼。

「蘭，我有事要外出，你不如……」雖然已趕跑了蘭的前度，但崔宇已習慣在每一天送蘭回家。

「我自己回去可以了，你已幫我教訓了他，對吧？」蘭搶先回應。

「你早就知道了嗎？」崔宇突然感到十分尷尬，那豈不是被對方知道他這段時間，其實根本沒必要送她回家？

「哈哈……只是猜到罷了，那無賴若不是受到教訓，是不會輕易罷休的。」蘭見崔宇不提起，也沒有刻意揭穿。相處久了，蘭感覺和崔宇相伴的時間也不壞。

「你還有事要忙吧？那你先走吧。」但蘭覺得還是這樣就好。

「啊……」三個月之期一過，到底這 café 還會不會存在也是未知之數，就算能留得住 café，崔宇和寧少或許已重回舊路。

觀塘工業區的一個休憩處，寧少比約定時間早了一點到達，由於和福字頭有約定在先，他只好躲在草叢間以免被人發現。

「還未到呢……」賣家沒有準時到達，但寧少卻有意外收穫。

「快手，全部扔上車吧。」那些似曾熟悉的面孔，全是寧少以前打倒過的、福字頭的小混混。

「不正經的人、貨車……」與寧少收到和偷貓集團有關的資訊，全都不謀而合。

這些人從工廈搬出一個又一個鐵籠，籠裡的貓都在發出驚叫悲鳴。同一時間「浪浪關注組」有新的信息，剛剛一家位於觀塘的流浪貓收容所遭到破門搶劫，所有貓咪都被强行帶走。

「鬣狗在催了，走吧。」這些小混混現在全部都是被唐福派來當鬣狗的手下。

「鬣……狗！」寧少聽到這名字後，所有仇恨的回憶也湧上心頭。

「那瘋子為什麼要做這些沒錢賺的生意？」鬣狗的用意，連手下的人都無法理解。

「不知道，可能他前世和貓有仇吧。」他們不知道原因，但寧少能猜到。

「混蛋……」寧少走出草叢，他要血祭這班傷害他寶貝的混蛋，在他步出公園之際，發現地上當眼的位置擺放著他熟悉的東西。

「皇冠牌罐罐，還有我的鐵指環……」他明明在九龍城把這對黑色鐵指環交給賀一龍，現在卻和他急需的貓罐頭同時出現。

袋好貓罐頭，戴上鐵指環，昔日的九龍西猛虎重現人間，寧少二話不說走到車尾，搬運中的小混混還未回過神來，已被鐵拳制裁倒地不起。

「鬣狗在哪？我只留一個人負責帶路，你們自己選擇吧。」寧少壓抑著怒火，現在還不是爆發的時候。

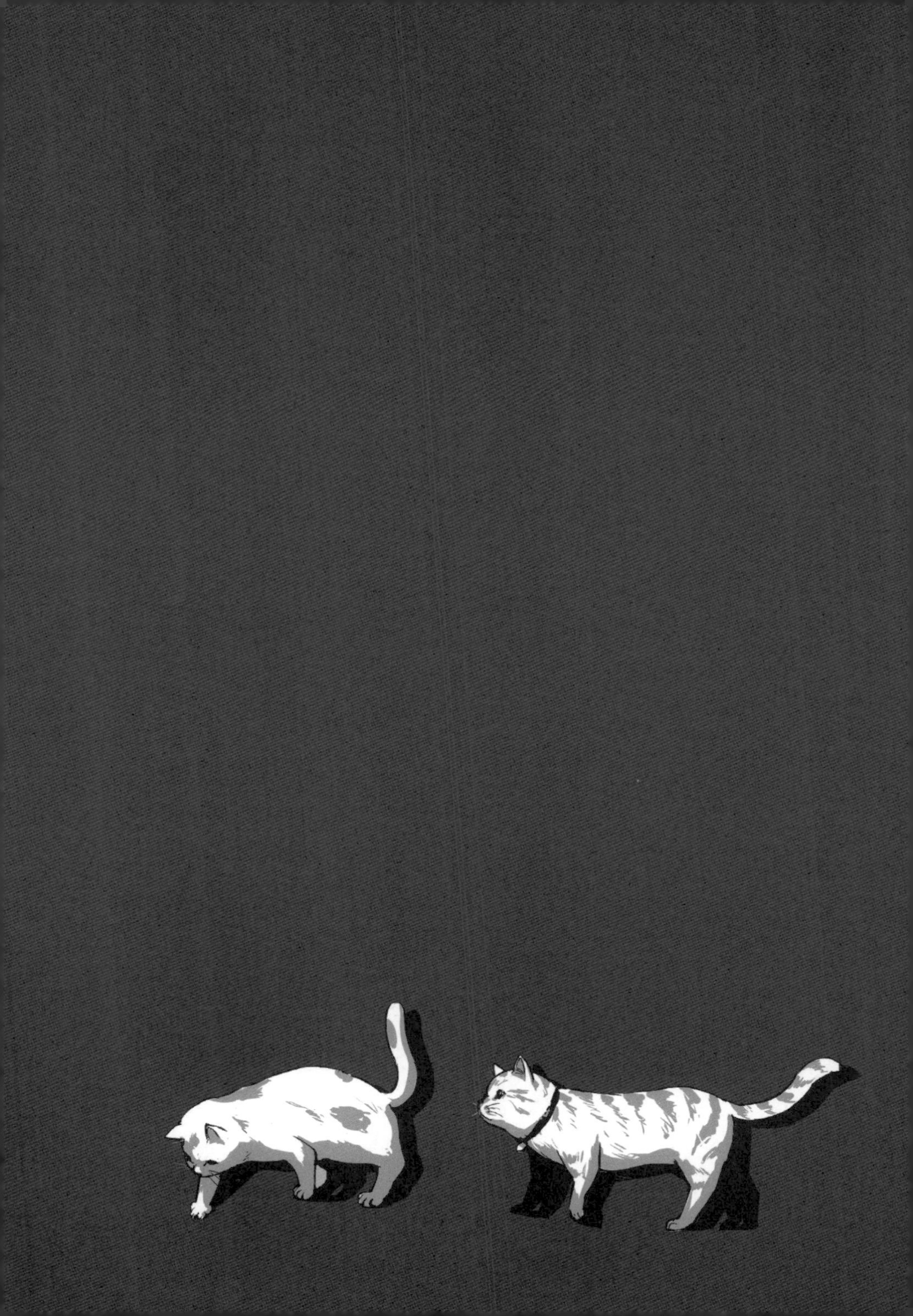

阿虎

崔宇被三大當家叫到火鍋酒家，寧少不在信義社的這段時間，他們賺得盤滿缽滿，不用做非法買賣便得到這業績，無疑令他們在幫會中得到更大的影響力。

「崔宇，做人最緊要把眼光放遠，我打算把生意擴展，多租幾幢唐樓來做，你回來幫手打理吧。」豹面說。

但三大當家還是不放心，就算洪爺交出龍頭之位，寧少的存在還是一種障礙，他們認為寧少只是暫時離開，最終還是會一定回來。

「這是個好機會呀，擺脫寧少，你以後前途無量。」肥翁想和崔宇碰杯。

「反而他已沒機會翻身，無論那貓 café 是用來賣什麼，今晚過後也不復存在。」光頭竊笑著說。

「今晚？」崔宇有不祥的預感。

「我們會派兄弟把他的 café 砸了，那臭小子不會以為打了我們一身，我們會當沒事發生吧？」豹面一直對寧少懷恨在心。

「你就當什麼也不知道吧，明天開始我們就是一家人了。」但他們不知道如果貓 café 毀了，寧少就會輸給洪爺，那對洪爺來説，才是最好的消息。

〝ዋㄨዋ〞

觀塘的工業區，寧少挾持著一個被打得不似人形的小混混，寧少沒想過會重遊舊地，而這裡更是他的仇人——鬣狗的巢穴。

「沒你的事了，早日投胎。」寧少沉重的一拳擊打在小混混腹部，小混混應聲倒地，口吐白沫。

七層高的工廈內窩藏近百個敵人，寧少只戴著鐵指環便隻身闖入其中，停車場入口的十來個底層打手看見有人接近紛紛提高警覺。

「什麼人來的？」背光之下他們只見一個黑影在拖行著什麼。

寧少把還在嘔吐的小混混雙手舉起，扔到人群之中。

「是……信義社的……寧少！」當中一些曾被揍得頭破血流的人，再見到寧少方寸大亂。

「咬緊牙關啊，不然咬到舌頭會沒命的。」勁力千鈞的上勾拳打碎一人的下巴，他的意識已在瞬間消失。

只要和流浪貓有關的事，寧少都特別容易激動，因為他曾經也是被遺棄的人。

「鬣狗，是寧少……寧少找上門了！」另一人在通風報信後整個人被轟飛出去，背脊恐怕已有多處碎裂，然後寧少拾起掉在地上的手機，他要找的人就在電話的另一邊。

被遺棄的人，遇上被遺棄的貓，小時候就被扔到孤兒院的寧少交到的第一個朋友，不是人，而是一隻虎紋流浪貓。

「鬣狗，你在哪？」寧少問。

「啊，這麼多年不見，你一定很想我了吧？」鬣狗在切著肉扒，喝著紅酒。

「你知道嗎？我很慶幸當年崔宇沒有殺掉你，這樣我才可以親手把你幹掉。」上一次鬣狗逃進了警署。

「我在頂層等你，一場來到，你好好遊覽我這小天地吧，這裡有好多你最喜愛的小貓咪啊！不過有多少還活著就不得而知了。」鬣狗是捉流浪貓的罪魁禍首，他的真正目的是引寧少踏足禁地，在觀塘就算殺死寧少，信義社也不能哼一聲。

寧少捏碎了手機，區區十人想阻擋寧少只是螳臂擋車，鬣狗的聲音刺激得寧少怒髮衝冠，他把對手一個又一個打得站不起來後，才緩緩踏入升降機，向上一層進發。

濃烈的血腥和燒焦味迎面而來，升降機門還未打開已充斥在寧少鼻腔，他盡量不去想像貓咪在這裡可能遭遇的事，但升降機門打開的一刻，不敢想像的事已成事實。

「你們……都不配做人……」放眼望去，整層工廈是屠宰和焚燒的地方。對寧少來説，簡直就像是人間地獄。

「為什麼會有外人闖入的？不快點交貨上去的話老闆會生氣的……」屠宰場的領班是兩個高大得很的胖子。

「你們去把他抓起來，切下他的肉照樣交貨吧。」除了藍髮和紅髮的胖子外，還有近二十人在充當肉類分割員的角色，全部都手持利器向寧少走近。

「全部給我去死吧。」寧少無畏無懼，貓咪是他的同伴，傷害貓咪的人，他一個也不會放過。

ΦㅅΦ

在孤兒院的日子，小小的寧少常和人打架吵架，面對人多勢眾的情況也從不肯示弱，活像頭張牙舞爪的小老虎，每次踏上從學校回孤兒院的路上，寧少都是孤身一人的。

而在路上小寧少常常都遇到同一隻虎紋貓，牠和寧少一樣每天都和同類爭鬥，落

得滿身傷痕，牠的頸項上掛著鈴噹，但寧少從未見過牠的主人。

「你今天打贏了嗎？我今天超勇猛啊！四個打我一個，我也沒有輸！」小寧少很自豪。

虎紋貓對寧少不理不睬，只會偶然用眼尾瞄他一眼，寧少為他取名為阿虎，他每天也會和阿虎分享戰績。

「你和我一樣被人拋棄了吧？但不打緊呀，我們這麼厲害，是不用靠別人的！」小寧少和阿虎無所不談，只有對著阿虎，他才會打開心扉，不過阿虎還是對人類充滿戒心，寧少每次想觸摸他，也會落得滿手傷痕的下場。

直至有一次阿虎被困在下水道，寧少才真正擁抱得到牠，得到牠的認同。

「你不用害怕，我一定會想辦法救你出來的！」體形瘦小的阿虎不小心掉到下水道，亂衝亂撞的牠已找不到出來的回頭路。

「將就一下吧，你不能餓著肚子啊，將來我有能力一定每餐也給你吃最貴最好的貓糧。」兩天過去，寧少大半的時間也會守在這裡，哀求路經的途人幫忙，但大家也想不到法子。

「你不要放棄啊，我不會放棄你的。」一週了，阿虎還被困在下水道，雖然寧少解決了食物的問題，但還有更嚴重的問題在等待阿虎。

「牠的身體在一天一天長大，再不離開下水道牠會困死在這裡動彈不得⋯⋯一旦大雨降臨牠也可能會被活活淹死。」一些街坊留意到寧少每天守在這裡後也主動幫忙，其中一個同樣愛貓的貓義工指出當前困境。

「天文台說快要下雨了……」面對死神來臨，阿虎只能發出無助的嘶吼聲。

「要救牠就要現在了。」終於眾人合力打開了最近的一個渠蓋，但阿虎動也不動，牠不知道人類的想法，也不知道會不會再迎來人類的傷害。

「阿虎！走呀！」雨水開始降下，寧少舉起木棒敲打下水道，街坊封起一邊通道，逼受驚的阿虎走向渠蓋的方向。

這方法的確奏效了，但阿虎沒有走出來，牠停留在接近出口的位置。從外面往下看，無法看到石地下的牠是否被卡住，還是因為害怕人類而不敢再向前行。

「不行，我們無法下去。」大人的身體無法通過渠口，但小寧少可以。

「阿虎，過來！」大人抓住寧少雙腿，寧少倒吊著身體探入渠下，雨勢愈來愈大，下水道的水流也愈來愈急促。

寧少手伸向阿虎，驚慌失措的阿虎兩爪胡亂揮舞，在寧少手上留下又長又深的傷痕。

「我是不會輸給你的！儘管放馬過來！」寧少忍住痛楚雙手捉實阿虎拉到懷中，或者這久違的擁抱終於令阿虎重拾安全安心的感覺，阿虎首次不抗拒寧少。

「拉我上去！」喊聲從渠口傳上來，街坊和貓義工立即把倒吊著的寧少拉上來，只見阿虎被他緊緊抱著。成功脫險了，這一次經歷烙印在寧少的心中。

成長為這樣的大人，或許也不太壞。

這樣的想法促使他有了成為浪爸、經營屬於自己的貓café這些夢想。而在不久之後寧少得到洪爺和秋霞收養，只可惜洪爺不願帶同阿虎一起生活。

離開孤兒院後，寧少不時也會回到這裡，但他卻再也不見阿虎的蹤影，寧少每次也會帶來皇冠牌罐罐，放在和阿虎一起走過的路上。

ミФㅅФミ

「怎麼啦……連一個瘦子也對付不了嗎？」紅髮胖子很不耐煩，鐵與刀敲擊的聲音令他十分煩躁，那些揮向寧少的刀都被黑鐵指環一擊折斷。

直至屠宰場一片寧靜，兩個胖子回頭一看，場上只餘寧少一人站立著。

「交貨慢了……會被老闆用鐵鎚打死的！」藍髮胖子精神恍惚，揪起長長的牛肉刀大步大步走向寧少。

「放心，我會比你老闆打你打得更狠的！」這一次鬣狗真的觸碰了寧少的逆鱗。

Meow 25

怒拳

深夜的貓café雖已關燈鎖門，但蘭還沒有離開，她為一隻急症貓咪動完了手術後，決定留守一晚，但這晚注定是個不安寧的晚上。

「怎麼這麼吵的？」蘭走出房間，三大當家所派的人馬已聚集門外。

「為什麼會是個女人的？寧少呢？」帶頭的人以鐵棒敲碎玻璃門，嚇得貓咪紛紛跑向蘭的房間。

「寧少不在……你們到底想幹什麼？」蘭深感不妙，這一晚寧少和崔宇也不會回來，能保護貓咪的只有她一個。

「沒你的事了，你離開啊，我們的目標只有這裡。」帶頭的人一棒打斷桌子，寧少不在正好讓他們能早點收工。

「是來踩場的嗎？你們……太小看我了吧？」蘭脱下白大褂，露出雙手的紋身和鋒利無比的手術刀。

「原來還有一個打手在嗎？但只得你一個對付得了我這麼多兄弟嗎？」一個個黑幫小弟湧入貓 café，二、三十個手持鐵棒的人準備大肆破壞。

「誰夠膽行前一步，我就把他的腳筋挑斷。」蘭鋭利的目光充滿殺氣。

「我就不信你一個能有多少作為！」帶頭人突然踏步鐵棒一揮。

他沒有説錯，蘭真的就這樣被嚇得縮在地上，反倒令眾人目瞪口呆。

「原來……真的是虛張聲勢的嗎？」這倒是令帶頭人有點意外。

但更令人意外的，是他們身後的大門鐵閘被緩緩拉下。

「明明是個普通女孩，又不會打架，我真不明白你為什麼紋這麼多東西在手上。」

黑道中人自古以來也和紋身有著連繫，代表著一去不返、對幫會忠誠等意思，而這也影響到現代人還是有謬誤，認為紋身就一定是黑道中人。

「因為紋身漂亮嘛！」但其實紋身亦是一門藝術，很多人選擇紋身，是為了美觀和喜好。

「崔宇？你不是……」帶頭人接到的指示是，崔宇已成為他們的自己人。

「啊，我不是背信棄義的人。」要為名為利，崔宇大可以走光明康莊的大道，他加入信義社從來不是為了利益。

「有獸醫在場，我就不手下留情了，反正死不了就有人會治理好。」在江湖血戰的八年時間，寧少最怕的不是對手，也不是和他勢均力敵的賀一龍，而是一不看緊隨時會弄出人命的崔宇。

「一個文弱書生口氣這麼大？」三大當家的人很多也未跟過寧少上陣，他們不知道崔宇有多危險，就算當年拿刀刺傷鬣狗後也沒有手震。

「別浪費時間，我還要送我的同事回家。」崔宇脫下西裝，寧少在為貓咪戰鬥，而他在為寧少戰鬥。

≡ΦㅅΦ≡

觀塘工廈，兩個胖子左右夾擊，兩把牛肉刀也經不起黑鐵指環的考驗輕易折斷，在身手靈活的寧少眼中這兩個胖子只是會移動的肥肉，三兩下功夫已把他們打得腦袋開花。

工廈的多個樓層也是為肉類加工的地方以及冷凍庫，寧少終於明白市面上為什麼找不到皇冠牌貓罐頭，也明白為什麼崔宇買的貴貨貓咪動也不動。

「這雜種……」這些人把大量購入的罐頭掏空，把下層交來的餘肉絞碎加工，再高價發售，完整的部分包裝成雞肉豬肉，混入市場。

寧少怒火中燒，世上就是有不配做人的禽獸，每打飛一個人，每走過一層樓，寧少也感受著切膚之痛，而這一切都是鬣狗刻意安排的，這一次寧少真的殺紅了眼，要把披著人皮的惡魔幹掉。

「鬣狗，我來取你狗命了！」升降機門打開，這裡已是工廈的頂樓，鬣狗的藏身地點。

但除了中央的辦公桌外，整個樓層空空如也，也沒有其他守衛在此。

「在哪？」寧少踏出升降機的瞬間，鐵鎚後用作拔釘的羊角直陷入寧少胸膛。

「想不到你真的能走上來，但任你再能打又如何？還不是送羊入虎口。」由始至終，鬣狗也沒打算和寧少公平較量，躲在升降機旁靜待偷襲良機。

「到底是怎樣……才能養出你這樣的怪物？」寧少毫無防備吃下一技致命攻擊，雙膝跪地。

「你不能怪我，若不是崔宇那小子從後偷襲，八年前我已送你去見閻羅王了，那小子呢？今天只有你一個來送死嗎？」鬣狗扯著寧少的頭髮，下一鎚就要敲在他的臉上。

「殺了你，我也不會感到一絲內疚！」但鬣狗失算了，寧少重拳擊打在鬣狗腳面上，鐵指環徹底砸毀他的腳骨。

「怎會……」鬣狗未及反應，寧少的上勾拳已粉碎他的下顎。

「我這是因『貓』得福。」鐵鎚還插在寧少胸口，但他胸口濺出的不是血液而是貓

糧。

寧少交收的貓糧，在危急關頭救了他一命。

「別這麼快死掉啊，讓我多揍你幾下！」當日初出茅廬的寧少，單打獨鬥未必贏得了鬣狗。

但這八年時間裡，為了復仇，他每天在打拼；如今，他為了自己的夢想、自己想要的生活、自己要守護的東西，打出的每一拳，都承載著「極道」的和「貓奴」的信念。鬣狗的揮鎚和寧少的鐵拳硬碰，但這鐵鎚也被轟飛離他而去。寧少再把鬣狗壓在地上，連番拳頭粉碎他每一根骨骼。

「和這世界說再見吧。」寧少扯著鬣狗準備把他扔出工廈，他實在想不到不親手殺死這惡魔的理由。

「寧少！住手！」阿晴的出現是寧少始料不及的。

由寧少外出找貓罐頭開始，阿晴便一直跟蹤著他。

「為什麼你會在這裡的？」寧少的腦海已經一片空白。

「我已經報警了，警察很快就會來到，你不用殺死他的，他已經完蛋了。」阿晴握著手槍的手不停在顫抖。

「你看到他對貓咪做了什麼後，還覺得我殺了他有錯嗎？」阿晴從未看過寧少這般冷漠的表情。

她自「浪浪關注組」初成立時已認識浪爸，她認識的浪爸是溫暖的、傻傻的，而且充滿愛心的，正因如此，阿晴知道要怎樣說服寧少。

「你沒有錯，但不值得。」阿晴放低手槍。

「什麼？」寧少皺著眉頭問。

「你還要拯救更多浪浪，照顧更多主子的！你被關進監獄的話，誰來守護牠們？」阿晴的話如當頭棒喝，對貓不負責任的人，是寧少最鄙視的人。

「貓咪需要你。」阿晴想接著說，自己也需要你。

警笛聲已從外面傳來，已成廢人的鬣狗插翼難飛，寧少可以殺了他去發洩怒氣，但四海之下的浪浪，會因此失去浪爸。

「你真夠運……放心吧，我們的事還未完結的，之後我會帶同崔宇常常來監獄探你的。」寧少鬆開了鬣狗，但不代表他放下仇恨。有些人是不能被原諒、不能受法律制裁就算的。

「回去吧，肉球新娘。」寧少微笑著說。

「為什麼浪爸你會知道的？」阿晴嚇了一跳，她從沒想過會被發現自己改了這麼嘔心的帳號名稱。

「我記得有群組成員私下聯繫我說終於考上警察了，那個人就是你吧？」當日阿晴為要不要加入執法機關而苦惱時，是寧少開導了她。

世上沒有真正正義的地方，但無論在哪裡，你也可以堅守你心目中的正義。

「浪爸……」阿晴想扔下手槍奔向寧少的懷抱。

「呀……呀吱呀……」下顎碎裂的鬣狗不知道想表達什麼。

「收聲！混你個帳……橫豎未死得，讓我多打幾下！」寧少轉身猛力一擲，另一罐貓罐頭砸穿了鬣狗的頭顱。

「不！被抓到就麻煩了……」阿晴連忙帶寧少偷偷逃離現場。

鬣狗最終被繩之於法，寧少決定把平安救出的一貨車貓咪載回貓 café 暫時照顧，浪爸的人生目標由始至終也是為浪浪找到家人、為主子找尋奴隸。

Meow 26

貓咪即正義

結束完貓 café 內的清潔工作，崔宇正在蘭的家內。

「為什麼受傷的人是我，在哭的人卻是你？」崔宇把三大當家的人全部送到垃圾站，自己也受了一點輕傷。

「笨蛋！不要問！」蘭這樣嬌柔的一面有別於崔宇的認知，蘭家裡的凌亂不堪，同樣刷新崔宇的三觀。

「是嚇壞腦子了嗎？」崔宇邊接受包紮邊撫摸蘭的頭顱。

「你不是明知他們會來搞破壞嗎？為什麼還回來貓 café 的？」崔宇坦白了這次是寧少的仇家所為。

「唔……原因有很多呢。」崔宇正在想應該說多少才對。

「你不說清楚的話，不要想著回去呀。」蘭認為大部分男生進入女生的家後，都不打算離開。

「貓 café 是寧少的夢想，是他的心血。」但崔宇有潔癖，他是真心想要離開的。

「沒有其他原因？」而大部分女生在得到自己想要的答案前，是不會放行的。

「群組信息……你說要留下來看顧受傷的貓吧，我不回去的話你也會變成傷者的。」崔宇唯有說出能讓蘭滿意的答案。

「那你豈不是因為我……而變成傷者了嗎？」蘭在解開崔宇襯衫的紐扣，但其實這是無必要的。

最終蘭還是沒有放行，她的家門直至翌日早上才再次打開，經過這一晚，作為傷者和潔癖人士的崔宇無論肉體和心靈也遭受到暴擊。

ฅ^ฅ

寧少拉開鐵閘，貓 café 的落地玻璃消失無蹤，部分家具也不見了，寧少還以為遭人打劫，但貓咪安然無恙，筋疲力竭的他也快要倒下。

「抱歉啊……只餘下一罐了。」寧少把唯一的皇冠牌貓罐頭打開，乏力地躺平地上。

本來不願親近寧少的貓咪全都慢慢步近，像是知道他為了貓咪而受苦，故來磨蹭

他、安慰他。

「你們有這麼喜歡我嗎？其實從一開始便很喜歡我對吧？」這就是寧少想要的生活、想要的滿足。

「你們是傲嬌吧？是害羞才不讓我摸的對吧？」能被貓咪包圍，這對寧少來說和天堂是無分別的。

「送貨，有人在嗎？」天亮了，速遞員也來了。

「這個……是在海外購入的一批皇冠牌罐罐！」寧少辛苦換來的一個罐罐，只比速遞快了幾分鐘到達，但極度貓奴就是不拘小節，為主子不惜上刀山下油鑊的硬漢。

ฅ^•ﻌ•^ฅ

鬣狗的惡行在新聞報道出來，阿晴在網絡上發放出救貓英雄的真實故事，令「Meow Daddy」的名字再次進入大眾眼中。各大雜誌網絡媒體爭相前來採訪報道，曾是黑幫大哥的重症貓奴深得網民愛戴，在點擊率能換算成金錢的現代，這無疑是救了貓 café 一命。

在賭約限期餘下的兩星期，貓 café 客似雲來，會計師崔宇不用再按計算機已知道勝負已分，今日他率先來到洪爺府邸匯報，免得得戚的寧少刺激洪爺這老人家，導致心臟病發。

「洪爺，這一次……是我們贏了。」崔宇說。

「你從一開始就沒有打算幫我嗎？」只要崔宇願意，要搞砸貓 café 的生意易如反掌。

「我相信洪爺你也不會希望，讓寧少回去不想待的地方、做他不想做的事。」崔宇和寧少是同一陣線的，這令寧少有如得到千軍萬馬。

「現在想叫他回來也不能了……」寧少闖入九龍東，摧毀鬣狗的業務，當中的員工全是福字頭的底層，若把寧少接回信義社，等於由信義社破壞停戰協議，但現在寧少不是信義社的人，這次只是他們的個人恩怨罷了。

而對於三大當家來說，雖然得不到崔宇，而且手下都被狠狠教訓，但最起碼他們不用再擔心，寧少會坐上他們夢寐以求的龍頭之位。

〞φ ㅅ φ〞

「浪爸你以前是黑社會，這件事是真的嗎？」今天又有傳媒來找寧少。

「重要的不是我以前是什麼，是我現在是什麼。」寧少坐在沙發上，耍帥地撥了撥頭髮。

「那你算是改邪歸正嗎？」

「改邪歸正？記者小姐，想不到你的對白如此 old school，哈哈……」寧少笑說：「我們無法改變自己的身世、無法改變世人對你的看法、無法改變父母對你的期望，可以做的，就是保持善良的心，做我們認為對的事。」

寧少裝作很酷地說著的同時，一條貓尾卻掃過他的鼻頭。

另一隻貓咪則在寧少身上纏來纏去，發出咕嚕咕嚕的「煲水」聲。

「別這樣啦，我正接受訪問呢，待會才跟你玩。」

寧少慢慢把貓咪抱回地上，豈料貓喵似不甘被冷落，「喵」一聲又跳上寧少身上。其他同伴也不約而同，像受到召喚似的，湧到寧少身上。

「不要這樣啦，乖乖B。」寧少的酷裝不下去，立即軟化，變回笨蛋。

三十多隻貓咪纏著寧少的場面相當震撼，記者小姐立即拿出相機捕捉這個很有愛的畫面。

寧少見記者拿出相機，立時做好表情管理，變回幾秒間的黑道王子。

這一張相後來登上了網上熱搜；人們未必記得寧少的真正名字，卻記住了外間給他的那一個既有霸氣又帶柔情的外號——

極道貓奴！

赤柱監獄內，鬣狗被帶到特別的房間進行探視，往後的每個月也會有人來和他進行親密接觸，而且這一次，就算唐福想再耍手段也難以得逞。

「寧少，十五分鐘了，換我。」房間內只有崔宇、寧少和鬣狗。

「這麼快？你沒有騙我吧？」寧少拳拳到肉，鬣狗的下巴還未康復便再碎過。

「夠了，我們趕時間的，快點把拳套給我。」避免傷痕太明顯，崔宇和寧少選用了拳擊拳套。

「我們下個月，每一個月也會回來揍你的，你要長命百歲啊！」這是最能幫寧少減壓的地方。

「我會確保你的刑期有增無減，你就求神拜佛不會有愛貓如命的獄友進來和你玩吧。」鬣狗的新聞一出已神憎鬼厭，崔宇更買通了獄警方便每個月來為「貓」請命。

有些人只接受法律刑罰還是遠遠不夠的，這時候就要有能遊走法律之外的人，給予更適當、更貼身的酷刑。而除了寧少和崔宇之外，還有另一班人在做著相同的事，只不過他們的對象更廣，規模也更大。

九龍城「龍城共聚」外，寧少和崔宇重遇賀一龍，是賀一龍約兩人到來，為了讓他們成為新組織的一分子。

「是你引我到鬣狗那裡的吧？」寧少找回鐵指環的一刻，已知道是賀一龍扮成賣家，為了引他進入觀塘，收拾鬣狗。

「那是一場面試，而你順利通過了。」賀一龍借寧少的手剷除讓唐雪坐上龍頭之位的最大障礙。

「面試？」崔宇不明所以。

賀一龍帶領兩人進入已預約的房間，唐雪早已在此等候，預留旁邊的座位給寧少和崔宇。

「你們是……」雖然素未謀面，但寧少對這些人全都有印象，他們全部都是香港黑幫有力的龍頭繼任人，是黑道的未來。

「歡迎，我們來改革這腐敗的時代吧。」領頭的人比寧少更年輕，來自港九新界各大黑道的核心人物齊集於此，他們遊走法律之外，對付凡人不敢對付的惡人，幹凡人不敢幹的難事。

後記

早在幾年前已有《極道貓奴》的故事腹稿，原先的版本較為火爆暴烈，後來覺得貓咪的遭遇太慘痛，身為真實貓奴的我心軟了，故推翻原設，改成輕鬆日常。雖然中後段保留了虐心劇情，但整體來說，調子還是溫馨的。

由於要處理公司的運作，導致寫文字的速度太減，反而構思題材故事較靈光，所以這幾年開始跟不同的作者合作，由我提出故事的方向和橋段情節，再交由作者處理文字。《我的吸血鬼同學》、《燃燒吧！香港重機》就在這種合作模式下誕生。

跟陳四月多次合作，早建立出信任和默契，當決定《極道貓奴》改用較輕鬆的調子呈現時，就覺得很適合由陳四月主理，他之前的創作《輪迴交易現場》、《男人都愛住家飯》、《那隻報恩黑貓是帥氣死神》情感都很細緻，所以就毫無懸念地把《極道貓奴》交給他。

然後就開始物色插畫師。多年來都持續留意在網上發表作品的插畫師，K. CHUNG 是我非常欣賞的其中一位；於是早在幾年前，已經相約跟他見面，了解合作的可能。他是一個爽快隨和的人，很快便答應合作。可這幾年自己一直在拖稿（突然失去寫作動力），原先談及要合作的題材亦被自己推翻，導致一直未能成事。事隔幾年後，我再向他提出《極道貓奴》這項目，幸好他沒有覺得我又來白撞，仍然願意合作，難得。

其實《極道貓奴》跟我今年推出的作品《神隊友》有互動性質，那種互動比單純的人物 crossover 更特別一點：是一次頗為有趣的安排。如果想知道兩本作品的關聯，請看《神隊友》。

余兒

喵、人類啊——
你我相遇
應似飛鴻踏雪泥
男子漢
當如猛虎各下山

經道

Meow Daddy

原創故事	余兒
文字	陳四月
封面及內文插畫	K.Chung
編輯	小尾
封面設計	faminik
內文設計	Zaku Choi
校對	Eva Lam
出版	創造館 CREATION CABIN LTD.
地址	荃灣美環街1號時貿中心604室
電話	3158 0918
發行	泛華發行代理有限公司
地址	香港新界將軍澳工業邨駿昌街七號二樓
承印	美雅印刷製本有限公司
出版日期	2023年7月
ISBN	978-988-76569-9-9
定價	$88

創造館 CREATION CABIN

KEEP CREATING

創造十年

CREATION CABIN LIMITED
10TH ANNIVERSARY